탕비실

목차

0

누가 가장 싫습니까?

공용 얼음 틀에 콜라 얼음, 커피 얼음을 얼려놓는 사람.

20여 개의 텀블러 보유, 공용 싱크대에 안 씻은 텀블러를

늘어놓는 자칭 환경 운동가.

정수기 옆에 사용한 종이컵을 버리지 않고 쌓아두는 사람.

인기 많은 커피믹스를 잔뜩 집어다 자기 자리에 모아두는 사람.

공용 전자레인지의 코드를 뽑고 무선 헤드셋을 충전하는 사람.

탕비실에서 중얼중얼 혼잣말하는 사람.

공용 냉장고에 케이크 박스를 몇 개씩 꽉꽉 넣어두고

집에 가져가지 않는 사람.

공용 싱크대에서 아침마다 벼락같은 소리를 내면서

가글하는 사람.

이들과 함께 탕비실을 쓴다고 상상해보십시오.

누가 가장 싫습니까?

1

탕비실

최근 수정 시각: 202X-XX-XX 20:23:02

분류 : QBS 예능 | 2023년 방송 프로그램 | 2023년 종 더보기

◑ 다용도실에 대한 내용은 **탕비실(준비실)** 문서를 참고하십시오.

⌄ 1. 개요　　　　　　　　　　　　　[편집]

대한민국의 리얼리티 쇼. 2023년 2월 10일부터 3월 17일까지 QBS에서 매주 금요일 방영된 이일권 PD의 대표작. (본래는 동명의 10부작 다큐멘터리 형식으로 제작되었으

나 저조한 시청률과 출연자 논란으로 중도 폐지되었다.) 방송인지 현실인지 분간이 안 되는 자연스러운 분위기에서 담아낸 출연자들의 모습이 화제를 모았다. 2023년 7월 기준 유튜브 채널의 하이라이트 영상 평균 조회 수가 100만을 넘는다. 뜻밖에 가장 높은 조회 수를 기록한 것은 출연자들이 점심을 먹는 모습만 모아놓은 영상이라고. 혼자 밥 먹을 때 틀어놓기 좋은 영상으로 꼽힌다.

이일권 PD는 학창 시절부터 다큐멘터리에 심취해 있었다. 그는 다큐멘터리의 역할이 둘로 나뉜다고 보았다. 하나는 사회에서 동떨어진 자연의 날것 그대로의 모습이나 이색적인 면면을 전달하는 것. 또 하나는 가까이 있지만 알아채기 힘들거나 보기 껄끄러워 외면하던 현실을 가감 없이 전시하는 것. 영국 감독 존 그리어슨(John Grierson)의 작품이 후자의 경향으로 유명했고, 이일권 PD는 존 그리어슨을 존경했다.

PD는 데뷔작으로 10부작 다큐멘터리를 제작했다. 프로그램명은 '탕비실'. 그는 실제 회사나 단체의 탕비실에서 사람들의 행동을 끈질기게 관찰해 카메라에 담았다. 잔잔해 보이는 탕비실의 표면 아래에서 바글바글 끓어오르는 사람들의 행태가 속속 포착되었고, 그것 자체로 충분한 이야기가 되었다.

다큐멘터리는 사람들이 탕비실 한쪽에 모여 귀가 솔깃해지는 비밀을 얘기할 때, 티 나지 않게 엿들으려는 호사가들이 어떤 속 보이는 행동을 하는지 보여주었다. 또는 업무 시간에 평균적으로 몇 번이나 탕비실을 드나들며 하릴없이 시간을 죽이는지, 오후 2시경 탕비실에 드나드는 사람들이 가장 많이 하는 혼잣말이 무엇인지도 보여주었다. 은행이나 관공서, 병원에 마련된 탕비실에서는 '집에 가고 싶다'가, 무역과 영업을 주력으로 하는 회사에서는 '아이고, 죽겠다'는 말이 압도적으로 많다는 관찰 결과는 직장인 커뮤니티에서 소소하게 회자되기도 했다.

그러나 문제가 생긴 건 겨우 2회 차 방송에서였다. 7년 차 직장인 여성이 탕비실에서 동료와 이야기하다가 신입의 연봉이 자신의 연봉과 거의 비슷한 수준

11

이라는 걸 듣고 말았다. 그녀는 그 자리에서 맥심 아이스 커피믹스 세 봉지를 연거푸 타 먹고, 남은 커피믹스도 몽땅 주머니에 불룩하게 쑤셔 넣고는 자리를 떴다. 그 모습이 고스란히 방송에 나왔다. 나는 시청자로서 그 장면을 아주 좋아했다. 치사한 마음이 들어, 내 주머니에라도 뭔가 가득 쑤셔 넣지 않고는 참을 수 없는 순간을.

하지만 그 때문에 결과적으로 다큐멘터리 버전 〈탕비실〉은 실패했다. 공용 비품을 훔치는 여자의 모습만 스크린 숏으로 인터넷을 떠돌기 시작하면서 비난이 쌓여갔고, 프로그램 자체도 촬영 허가를 받았을지언정 개인의 행동에 끈질기고 고약하게 초점을 두는 점이 공공연한 몰래카메라나 다를 바 없다는 반응이었다. 가장 심한 비난을 하는 것은 언제나 나 같은 애청자가 아니라 방송을 처음부터 끝까지 본 적은 없는 사람들이었지만, 비난을 정면 돌파하려다가 장렬하게 부서져 내린 많은 사례들을 떠올리며 PD는 미련 없이 동명의 리얼리티 쇼로 포맷을 바꿨다.

그리고 이듬해. PD가 몇 달 동안 준비하고 촬영했던 그 다큐멘터리 대신, 단 일주일간 촬영한 동명의 리얼리티 쇼 〈탕비실〉이 그의 대표작이 되었다.

나는 그 리얼리티 쇼의 참가자였다. 나는 방송에서 일명 '얼음'으로 불렸다.

2

2022년 12월 첫째 주 일요일. 겨울비가 싸락눈에 안겨 내리던 날로 기억한다. 나를 비롯한 예비 출연자들은 리얼리티 쇼 〈탕비실〉의 첫 촬영을 위해 서울 모처의 빌딩에 모였다. 빌딩 근처의 노점에서 풀풀 풍기는 계란빵 냄새 때문인지, 아니면 긴장해서 식사를 거른 탓인지 부쩍 허기가 졌다. 나는 기운 없는 몸으로 30킬로그램은 될 법한 캐리어를 질질 끌고 빌딩에 도착했다.

이일권 PD와는 촬영 한 달 전에 딱 한 번 만났었다. 그날도 그를 만나기 전 무척 배가 고팠던 것 같다. 나는 그의 다큐멘터리를 좋아했고, 그 PD에게서 캐스팅 연락을 받는다는 건 상상도 할 수 없었던 일이었기 때문에 긴장해서 아침을 먹을 여유 따위는 없었다.

PD는 말로써 자신의 의도를 관철하는 데 머뭇거림이 없는 사람이었다. 그는 지원자를 받는 대신 직접 일반인을 캐스팅했는데, 가능한한 평범한 직장인들을 찾고 싶었고 내가 모르는 사이에 회사 동료들의 추천도 받았다고 했다. 동료들이 나의 어떤 모습을 보고 추천한 건지, 리얼리티 쇼의 구체적인 콘셉트는 무엇인지 여러 가지를 물었으나, 그는 방송의 원활한 진행을 위해서 촬영 시작 전에 알려줄 수 없다며 탕비실을 배경으로 한 일종의 마피아 게임이라는 것만 귀띔해주었다.

내가 썩 내키지 않아 하자, 그는 첫 촬영 때 모두가 모인 자리에서 오리엔테이션을 한 뒤에 출연 결정을 내려도 좋다는 파격적인 제안을 했다. 그리고 아주 단순한 규칙 아래에서 출연자 간의 심리를 쫓아가는 게임이 될 거라는 것, 촬영 기간은 단 일주일이며 심지어 그동안 회사 업무에도 지장이 없도록 모든 준비를 마칠 거라는 설명도 덧붙였다.

PD는 내가 그의 다큐멘터리 버전 〈탕비실〉의 팬이라는 것을 밝히자, 내심 기뻐하면서도 씁쓸한 표정을 숨기지 못하고 커피만 홀짝홀짝 마셨다. 그리고 내게 이렇게 말했었다.

"그럼 첫 촬영 때 조금 놀라실 수도 있겠어요."

촬영 장소인 빌딩 19층 회의실에 도착하자마자, 난 그가 놀랄 거라고 했던 말의 의미를 알았다. 출연자 후보는 나를 포함해 남자 넷, 그리고 여자 넷이었는데 그중 한 명이 다큐멘터리에서 봤던 여자였다. 신입 연봉이 자기 연봉과 비슷하다는 걸 듣고 커피믹스를 마구 주머니에 쑤셔 넣었던 바로 그 사람 말이다.

그녀는 부루퉁한 얼굴로 곳곳에 설치된 카메라들을 훑으면서 구석 자리에 딱딱하게 앉아 있었다. 일순간 그녀와 눈이 마주치자, 나 혼자 반가움에 바보

같은 미소를 지었으나 철저하게 무시당하고 말았다.

그러나 이게 다 무슨 의미가 있단 말인가? 지금 생각해보면 '첫 촬영 때 조금 놀랄 수도 있다'던 PD의 말은 불친절하고 무심하기 짝이 없는 발언이었다. 제작진이 자리에 모인 우리 여덟 명에게 보여준 자료 화면을 보고 나서 느꼈던 감정에 비하면 아무짝에도 쓸모없는 사소한 일에 지나지 않았기 때문이다.

누가 가장 싫습니까?

공용 얼음 틀에 콜라 **얼음**, 커피 **얼음**을 얼려놓는 사람.

20여 개의 텀블러 보유, 공용 싱크대에 안 씻은 **텀블러**를

늘어놓는 자칭 환경 운동가.

정수기 옆에 사용한 **종이컵**을 버리지 않고 쌓아두는 사람.

인기 많은 **커피믹스**를 잔뜩 집어다 자기 자리에 모아두는 사람.

공용 전자레인지의 코드를 뽑고 무선 **헤드셋**을 충전하는 사람.

탕비실에서 중얼중얼 **혼잣말**하는 사람.

공용 냉장고에 **케이크** 박스를 몇 개씩 꽉꽉 넣어두고

집에 가져가지 않는 사람.

공용 싱크대에서 아침마다 벼락같은 소리를 내면서

가글하는 사람.

이들과 함께 탕비실을 쓴다고 상상해보십시오.

누가 가장 싫습니까?

여덟 개의 보기와 여기에 모인 여덟 명의 예비 출연자. 나는 자료 화면에 나열되어 있는 보기들을 다섯 번이나 연거푸 읽고 나서야 첫 줄의 '공용 얼음 틀에 콜라 얼음, 커피 얼음을 얼려놓는 사람'이 나를 가리킨다는 걸 깨달았다. 초면에 치부가 훤히 드러나버린 사람들의 얼굴이 어두워졌다. 다큐멘터리의 여자는 한층 더 구겨진 얼굴로 의자에 기대고 있던 몸을 일으켜 세웠다.

모두의 얼굴이 흥미로움에서 당혹스러움으로 바뀌는 과정, 그리고 저마다 이 자료 화면이 의미하는 바에까지 생각이 도달했을 때 느꼈을 수치스러움이 고스란히 카메라에 담겼다. 나중에 알게 된 바로는 잔잔했던 첫 화의 시청률 그래프에 처음으로 작은 피크를 만들어낸 게 바로 그 순간이었다고 한다.

"자, 여러분!"

이일권 PD 옆에 있던 앳된 얼굴의 메인 작가가 해맑게 말했다.

"그간 설명이 부족했죠? 게임 특성상 말씀드리지 못했던 걸 이해해주실 거라 믿어요. 한 달 전부터 은밀하게 전국 각지에서 발로 뛰면서 설문을 진행했어요. 여러분에게 들키지 않으려고 꽤 노력했답니다."

그녀는 꼭 예비 출연자들의 표정이 보이지 않는 것처럼 굴었다.

"대망의 설문 1위는 총 12,986표 중 무려 3,210표를 얻은 '혼잣말' 님이에요!"

진심으로 축하하는 투로 말하는 작가를 보고, 급습을 당한 뒤 일시 정지 상태에 빠져 있던 내 마음이 불편한 감정으로 꿀렁거리기 시작했다.

"1위를 차지하신 혼잣말 님에게는 게임에 필요한

힌트 교환권 한 개를 보너스로 드릴 거예요. 물론 출연하기로 확정하신다면 말이죠. 이 회의실 위층에 게임에 필요한 세트장과 여러분의 숙소가 준비되어 있는데요. 오늘 밤은 여기서 쉬시고 내일 아침까지 출연 여부를 결정해주셔야 해요. 혼잣말 님이 하차하신다면 이 혜택은 설문 2위에게 돌아가겠죠?"

"그런데 자꾸 혼잣말, 혼잣말 하시는데 누굴 말하는 거죠?"

작가와 가장 가까운 데 앉아 있던 파란색 털모자를 쓴 여자가 물었다.

"이건 조금 아쉬운 얘긴데요……. 여러분의 실명은 방송에 나가지 않을 거예요. 모처럼의 방송 출연인데 아깝지만 말이에요. 하지만 평범한 직장인인 여러분의 프라이버시가 가장 중요하지 않겠어요? 그래서 여러분을 설명하는 이 보기들을 참고해서 만든 닉네임으로 불리게 될 거예요. 여기 보이시죠? '탕비실에서 중얼중얼 혼잣말하는 사람.'"

작가가 자료 화면 중앙을 가리키면서 말했다.

"그래서 혼잣말 님이라고 한 거예요."

그때 내 반대편에 앉아 있던 수더분해 보이는 남자가 상체를 좌우로 흔들며 중얼거렸다.

"와, 세상에. 이럴 수가. 내가 1등이구나. 그러면 여기는 얼음도 있고 텀블러도 있고 종이컵도 있고…… 어, 커피믹스. 커피믹스도 있고."

혼잣말로 불리게 된 남자가 커피믹스를 언급할 때, 다큐멘터리의 여자가 살짝 움찔하는 것을 놓치지 않았다. 예상대로 그녀가 '커피믹스'인 것 같았다. 나는 자료 화면을 다시 보면서 내 이름이 얼음이라는 걸 깨달았다.

"맞아요, 혼잣말 님. 다들 이해하셨죠?"

작가가 양손 엄지와 검지로 과장되게 딱 소리를 내어 주의를 집중시켰다.

"그럼 게임 설명을 드리도록 할게요. 이 중 단 한 명은 방송을 위해서 의도적으로 만들어진 캐릭터입니다. 간단히 '술래'라고 칭하도록 하겠습니다. 앞으로 제공될 정보 중, 술래에 관한 것은 모두 지어낸 사항들이에요. 여러분은 서로를 일주일 동안 관찰하고 주어지는 힌트와 대조해 누가 술래인지 알아내셔야 한답니다. 그러니까 술래를 찾기 위해서는 힌트가 필요하겠죠? 단, 술래를 제외한 모두는 서로를 교란하셔야 해요. 정답자의 수가 적을수록 상금이 커지니까요! 그리고 만약 술래를 맞힌 사람이 없으면 술래는 두 배의 상금을 가져가게 돼요."

그녀가 쉬지 않고 설명하는 동안 내 머릿속에는 대학교 MT 때 마지막으로 했던 마피아 게임이 떠올랐다. 여기서 얘기하는 술래를 마피아와 동일 선상에 놓고 본다면 이건 내가 잘할 수밖에 없는 게임이라는 생각이 들었다. 나는 모두가 고개를 숙이고 있다가, 처음으로 다 같이 고개를 들었을 때 마피아로 지목된 친구의 알 수 없는 설렘 가득한 표정—아마도 게임을 좌지우지할 수 있는 중요한 사람이 되었다는 으쓱함—과 그에 상응하는 부담감이 섞인 표정을 기가 막히게 잡아내곤 했다.

하지만 내가 미처 알지 못했던 것은 누군가 몰랐으

면 했던 내 모습이 공공연하게 까발려졌을 때 애써
태연한 척하는 표정도 그와 무척 닮았다는 것이다.
그 순간 나를 포함한 여덟 명은 자기도 모르게 같은
표정을 짓고 있었다.

　이일권 PD가 지원자를 받지 않고 직접 우리를 캐
스팅할 수밖에 없었던 이유, 그리고 동료들이 추천했
다는 말의 의미가 초 단위로 몸에 따갑게 새겨지고
있었다. 여기 있는 모두는 다른 사람들이 싫어한다는
이유로 캐스팅되었다. 단 한 명, 술래를 제외하고는.
　"자, 그럼 이제 위층으로 이동하셔서 주 무대가 될
탕비실을 구경하실까요? 가지고 오신 짐은 그대로
두세요. 저희가 옮기도록 하죠."
　메인 작가가 아무런 문제도 없다는 듯 쾌활하게 말
했다.

3

　회의실 위층은 완전히 촬영을 위한 공간으로 꾸며
져 있었다. 겨우 한 층 이동했을 뿐인데 아예 다른 공
간으로 온 것 같은 착각이 들었다. 작가를 따라 걷는
동안 복도 바닥에 깔린 카펫에서 새 직물의 뻣뻣한
냄새가 났다.

　복도 좌우로 총 여덟 개의 방이 있었다. 방이 제법
큰 모양인지, 문 사이 간격이 널찍했다. 벽의 남는 공
간에는 프로그램 제작에 협찬사로 참여한 것으로 보
이는 여러 식품 회사의 신제품 광고 포스터들이 죽
걸려 있었다. 나는 유명한 코미디언이 반으로 가른

야채호빵에 거의 코를 파묻듯이 하고 황홀한 표정을 짓고 있는 포스터 옆을 지나면서 '얼음'이라고 쓰인 문패가 걸린 방을 힐끔 보았다.

내 앞에서 걷던 다큐멘터리의 여자가 '커피믹스' 문패가 달린 방문 앞을 기웃거리자 메인 작가가 발걸음을 재촉했다.

"탕비실 구경이 끝나면 각자 방으로 들어가실 거예요. 지금은 그냥 지나가도록 하죠."

부쩍 훈훈해진 실내 공기에 스웨터를 입은 몸통이 가려웠다. 나는 가슴팍을 벅벅 긁으며 나일론 점퍼를 벗어 손에 들고 메인 작가의 뒤를 바짝 쫓았다.

작가가 복도 끝에 있는 탕비실이라고 적힌 미닫이문을 오른쪽으로 완전히 밀었다. 그러자 네 평 정도 되는 실내가 드러났다. 탕비실치고는 넉넉한 공간이었다. 안에서는 복도와 다른 향이 났다. 조금 전까지 누군가 차를 팔팔 끓이기라도 한 것처럼 구수한 보리차 향기 같기도 하고 잘 볶은 커피콩 향기 같기도 한 익숙한 냄새였다.

예비 출연자들은 서로 닿지 않게 조심하면서 탕비실 안으로 들어갔다. 누군가 벽 스위치를 딸칵 누르자 천장에 매달린 물방울 모양 램프에 환하게 불이 들어왔다.

탕비실에는 고출력 전자레인지, 조그마한 토스터, 좁지만 깔끔한 싱크대와 언젠가 갖고 싶었던 상아색 귀여운 냉장고, 정수기, 그리고 칸칸이 나누어진 뚜껑 없는 정리함 세 개에 열을 맞춰 빼곡하게 들어차 있는 온갖 과자와 젤리가 있었다. 웃돈을 주고도 구하기 힘든 쑥인절미 콩고물 맛 신상 과자도 보였다. 티백과 찻잎으로 나누어놓은 차 구획, 커피믹스가 보기 좋게 정리된 구획을 봤을 때는 조그맣게 감탄사가 나올 정도였다. 차는 회사에서는 비싸서 사놓을 리가 없는 유명한 영국 브랜드의 제품이었고, 대중적인 기호의 커피믹스부터 제로 슈거 프로테인 라테처럼 실험적인 커피믹스까지 구비되어 있었다.

무엇보다 훌륭한 것은 사용이 간편한 캡슐커피 머

신은 물론이고 이탈리아의 유명 모카 포트, 그리고 값비싼 에스프레소 머신까지 있다는 사실이었다. 특히나 커다란 은빛 에스프레소 머신의 존재감은 대단해서, 그것 하나만으로도 공간에 대한 만족감이 부쩍 올라가는 것 같았다. 출연자들은 비록 아무런 말도 하진 않았지만 꽤 들뜬 상태였다.

잔뜩 멋 부린 남자 한 명이 앙증맞은 토스터의 문을 여닫으면서 여행지 숙소에라도 온 것처럼 구석구석을 살피고 있었다. 그는 회의실에서부터 1분에 한 번씩 꺼진 핸드폰 화면에 얼굴을 비춰 보던 사람이었다. 나는 그의 오른쪽 귀 뒤에 허옇게 뭉친 헤어 왁스를 안타깝게 바라보다가, 이참에 살갑게 먼저 닉네임이라도 물어보려다 그냥 그만두었다. 당장 내일 아침이면 이 중의 몇 명은 자기 손으로 짐을 싸서 나갈 것이다. 그게 나일지도 모르는 일이었다.

"자자, 탐색은 게임이 시작한 뒤에 하시죠."

작가가 멋 부린 남자의 팔꿈치를 슬쩍 잡아끌면서 말했다. 그는 토스터를 통째로 들어서 밑바닥을 보고 있던 참이었다. 제작진이 숨겨놓은 힌트 쪽지라도 발견할 수 있을 거라고 생각한 모양이었다.

"다른 참가자와의 소통은 탕비실에서 마주쳤을 때만 가능해요. 복도를 지나오면서 여러분의 방을 보셨죠? 들어가시면 개인 사무실과 침실, 작은 욕실이 준비되어 있어요. 외출은 불가능하지만 창문이 있어 답답하진 않으실 거예요. 평소처럼 일하시다가 탕비실에 가고 싶을 때 가시면 됩니다. 말 그대로 정말 평소처럼 말이에요."

작가는 멋 부린 남자가 또 딴짓을 하지는 않는지 예의 주시하면서 말했다.

"중요한 건 탕비실에 체류할 수 있는 시간은 하루에 총 100분이라는 거예요."

그녀는 말을 끝맺고 누군가 이쯤에서 질문이라도 하기를 잠자코 기다렸다. 고요한 가운데 얼음 제조기에서 자동으로 만들어진 얼음들이 달각달각 굴러떨어지는 소리가 시끄럽게 울렸다.

"그럼 궁금하신 점 없으면 각자 방으로 가실까요?

게임에 참가하실지 생각할 시간을 드릴게요."

자리에 선 채 아무도 섣불리 말을 꺼내지 않았다. 내 팔에 걸쳐놓은 나일론 점퍼가 자꾸 미끄러져 추스를 때마다 부스럭 소리를 낼 뿐이었다.

"아까 술래를 찾으려면 힌트가 필요하다고 하셨는데요. 힌트는 어떻게 얻을 수 있어요?"

가장 먼저 게임에 대한 유의미한 질문을 한 것은 내내 잠자코 있던 눈썹이 짙은 여자였다. 시커먼 눈썹 덕분에 검은 눈동자가 흐릿해 보일 정도였다.

"그렇습니다. 정확히 말하면 어떤 행동을 통해 힌트 교환권을 얻으셔야 하고, 그 교환권으로 어떤 출연자에 대한 힌트를 얻을지 선택하시는 거예요."

"그래서 그 힌트 교환권이란 건 대체 어떻게 얻는 거죠?"

그녀가 답답하다는 듯이 미간을 찌푸리며 말하자 눈썹이 이마 근육을 따라 꿈틀거렸다.

"규칙을 깨셔야 해요."

작가가 힘주어 말했다.

"규칙이 뭔지 알려주지 않으셨는데요."

"지금부터 잘 생각해보세요. 거기서부터가 게임의 시작이니까요."

작가가 이 이상의 질문을 차단하려는 듯 한 발짝 앞으로 나섰다.

"자, 자세한 사항은 방 안에 놓여 있는 이 설명서에서 확인하세요."

작가가 품 안에서 꺼낸 검은색 종이를 손에 들고 말했다. 그리고 자연스러운 움직임으로 우리 모두를 탕비실 바깥으로 몰아냈다.

"그럼 내일 동이 틀 때까지 출연 여부를 결정해주시기 바랍니다. 남은 예비 출연자가 다섯 명 이상이면 게임을 속행할게요."

작가가 탕비실을 등지고 서서 손가락 다섯 개를 활짝 펴 보이면서 외쳤다.

그녀의 말이 끝나자마자 여덟 개의 개인실 각각에서 여덟 명의 스태프가 일제히 문을 열고 나왔다.

"얼음 님? 이쪽입니다."

탕비실에서 가장 멀리 떨어져 있는 방문 앞에서 어린 남자 스태프가 나를 향해 손짓했다.

"아, 네."

나는 이름 대신 얼음으로 불리는 데 벌써 적응했다는 사실에 놀랐다.

예비 출연자 여덟 명 모두 자신을 부르는 소리를 따라 흩어졌다. 옆방에 배정된 다큐멘터리의 여자, 그러니까 일명 커피믹스는 이미 방 안으로 사라지고 없었다.

"일은 원래 하시던 업무를 제한적으로나마 최대한 하실 수 있게 회사 측과 조율해두었구요. 사무실과 연결된 안쪽 방에서 씻고 주무시면 됩니다."

내가 방 안으로 들어갈 수 있게 스태프가 옆으로 물러나며 말했다.

"참가하기로 마음먹으시면, 이 안에 들어 있는 출연자 서약서와 출연 계약서에 사인을 해서 내일 아침에 주세요."

스태프가 커다란 종이봉투 하나를 건넸다.

"퇴소하기로 결정하신다면 동트기 전에 짐을 가지고 방 밖으로 나오세요. 저희가 지켜보고 있다가 조용히 퇴소를 도와드리겠습니다. 그럼, 오늘은 이만 편안히 쉬세요."

스태프는 오로지 매뉴얼에만 충실한 태도로 안내를 마치더니 소리가 나지 않게 슬며시 문을 닫고 나갔다.

나는 방 안을 보고, 어떤 거인이 손가락으로 나를 집어다가 내가 다니는 회사에 툭 떨어뜨려놓은 게 아닌가 하는 착각에 휩싸였다. 내가 회사에서 쓰던 컴퓨터, 마우스와 키보드는 물론이고 책상 위에 놓고 키우던 작은 스투키 화분도 먼저 이사를 와서 기다리고 있었다. 나는 그들의 치밀함에 혀를 내둘렀다. 거래처 연락처가 적힌 여러 장의 포스트잇까지 떼어 와서 똑같은 배치로 붙여두었던 것이다. 나중에야 알게 된 사실이지만 내가 자리에 앉아서 PC의 전원 버튼을 누르기 위해 취해야 하는 자세, 키보드로 손을 뻗는 각도, 맨 아래 서랍을 열기 위해 허리를 굽히는 정도까지 같았고, 이를 깨달았을 때는 솔직히 기분 나쁜 소름이 끼쳤다.

나는 책상 위에 계약서가 든 봉투를 아무렇게나 던져놓고, 가로로 길게 이어진 창문 끝에 있는 미닫이문 앞에 섰다. 창문 밖으로 보이는 공원은 텅 비어 있었다. 가로등 불빛 주위로 동그랗게 포착되는 싸락눈 외에는 움직임 없이 고요한 풍경이었다. 부드럽게 미닫이문을 오른쪽으로 밀자, 필요한 것만 갖춘 작은 침실과 간이 욕실이 나타났다. 나는 그들이 우리 집 침실을 그대로 옮겨 오지는 못했다는 사실에 무척 안도했다.

아래층에 두고 왔던 캐리어는 이미 침대 옆에 놓여 있었다. 나는 대충 신발만 벗고 스웨터 차림으로 침대에 털썩 누웠다. 건조한 공기를 타고 털 먼지가 나풀나풀 날아다녔다. 다른 사람들의 눈을 피해 비로소 혼자 침대에 누울 수 있게 되자 덮어놨던 감정들이 솟구치기 시작했다.

제일 먼저 회사 사람들의 얼굴이 떠올랐다. 고작 얼음 틀에 콜라나 커피 얼음을 얼렸다는 이유로 이런 방송에 날 추천하면서 재밌었을까? 내가 알게 되었을 때 나와 껄끄러워질 걸 전혀 염두에 두지도 않았던 걸까? 나는 이대로 잠들어 동이 트자마자 여기서 뛰쳐나갈 거라고 다짐했다.

동네방네에 회사 사람들이 날 싫어한다고 떠벌릴 생각은 추호도 없었다. 가족들이 본다면? 새로 만날 사람들에게 나에 대한 선입견이 생긴다면? 얼굴을 모르는 사람들이 '저러니까 사람들이 싫어하지' 하고 손가락질하는 상상을 했다. 그랬더니 조금 슬퍼지려다가, 이내 회사 동료들의 괘씸함에 가슴이 부글부글 끓어올랐다. 특히 A 씨와 B 씨.

전자레인지로 소스가 듬뿍 묻은 닭가슴살을 데우고 다 튀어 있는 소스를 닦지도 않는 A 씨(닭가슴살을 데우는 동안 탕비실 바닥에 엎드려서 푸시업을 하는 것도 봤다), 탕비실 간식을 채워 넣는 일을 담당하면서 자기가 좋아하는 과자만 사다 놓는 B 씨보다 내가 뭘 그렇게 잘못한 건지를 곰곰이 생각했다. B 씨는 자고로 탕비실 간식이라면 몽쉘, 카스타드, 크래커, 감자 스낵처럼 개별 포장된 간식을 폭신한 장르와 바삭한 장르로 나눠 구색을 맞춰야 하는데도 불구하고, 라면 땅이나 쫄병스낵처럼 씹는 소리가 온 사무실에 울려 퍼지면서 손가락은 더러워지는 과자만 사두었던 것이다. 그마저도 대부분을 B 씨 자신이 게걸스럽게 먹어치운다는 것을 나는 똑똑히 알고 있었다.

그들은 자신이 한 행동은 생각지도 않고 내 행동을 멋대로 오해해서 PD에게 일러바친 걸까? 바보 같은 PD는 겨우 콜라 얼음을 얼렸다는 이유로, 아무것도 모르면서 쟁쟁한 악당들을 제쳐두고 나를 캐스팅했다는 건가?

나는 도통 잠이 오지 않아 침대 밖으로 기어 나왔다. 들여다보지도 않고 내버려둔 게임 설명서와 출연자 서약서에 손이 간 건 아주 자연스러운 일이었다. 서약서는 뻔한 내용이었다. 참가 중 SNS 사용 금지,

불필요한 개인 연락 금지, 방송 전 비밀 유지 등……. 나는 서약서를 내려놓고 게임 설명서를 읽기 시작했다. 게임 규칙은 생각보다도 훨씬 간단했다.

여러분은 게임을 하는 동안 회사에서 하던 업무를
평소처럼 수행합니다.

업무 시간은 09시부터 18시입니다.

탕비실에는 원하는 때에 자유롭게 갈 수 있습니다.

단, 하루에 허락된 총 체류 시간은 100분입니다.

목표는 단 하나, 출연자 중에 숨은 '술래'를 찾아내야 합니다.

술래는 동료들의 **추천** 없이 이곳에 왔고,

술래에 관한 모든 힌트는 프로그램을 위해 지어낸

거짓 정보입니다.

참가자는 자신이 관찰한 술래의 모습과 힌트를 대조해

누가 만들어진 캐릭터인지를 알아내야 합니다.

→ 게임에 필요한 힌트 교환권을 얻는 방법 : '규칙'을 깬다.

획득한 힌트 교환권으로 출연자 중 한 명에 관한

힌트를 선택해 받을 수 있습니다.

힌트는 방문 앞의 나무 상자로 전달됩니다…….

　여기까지 읽고 나는 자리에서 벌떡 일어났다. 아까까지만 해도 나무 상자 같은 건 없었기 때문이다. 방문을 달칵 열고 복도로 빼꼼 고개를 내밀었다. 여덟 개의 방문 앞에는 그새 제작진이 설치해놓은 나무 상자가 대롱대롱 걸려 있었다. 상자에는 여닫는 문이 달려 있었고, 짤깍거리는 작은 걸쇠를 젖혀 문을 열자 구리로 만든 작은 열쇠와 자물쇠 세트가 덩그러니 놓여 있었다.

　나는 의미 없이 상자를 손가락으로 통통 두드려보고는 열쇠와 자물쇠로 힌트 상자를 잠갔다. 옆방 커피믹스의 힌트 상자는 이미 굳게 잠겨 있었다. 나는 침대로 돌아와 규칙들을 다시 한번 차근차근 머리에 집어넣었다.

획득한 힌트 교환권으로 출연자 중 한 명에 관한

힌트를 선택해 받을 수 있습니다.

힌트는 방문 앞의 나무 상자로 전달됩니다.

단, 자신에 대한 힌트를 얻으려면 교환권 두 개가 필요합니다.

시선이 다른 글자보다 조금 작은 글씨로 쓰인 마지막 줄에 멈췄다. 아까는 미처 눈에 띄지 않던 규칙이었다. 오직 나만이 내가 술래가 아니라는 걸 알고 있기 때문에, 나에 대한 힌트는 불필요한 정보였다. 그러나 알고 싶었다. 상금이나 우승보다 나에 대한 힌트를 열어보고 싶은 갈증에 당장 목이 탔다. 아마도 나를 싫어하는 동료들의 증언을 바탕으로 만들어진 힌트일 것이다. 그건 인사 평가를 열람하기 직전보다 더, 선생님이 써주신 생활기록부를 펼쳐 보기 전보다 더, 익명으로 가득 채워진 롤링 페이퍼를 확인할 때보다 훨씬 더 큰 호기심이었다.

그날 밤, 나는 술래를 알아내겠다는 생각보다 나

에 대한 힌트를 열람하고 싶은 열망에 강하게 사로잡
혔다. 자진 하차해서 아무것도 알아내지 못하는 쪽이
훨씬 손해라는 데 생각이 미치자, 놀라우리만큼 머릿
속이 맑아졌다.

4

전날 밤에 생각이 말끔하게 정리된 것과는 다르게, 이튿날 동틀 무렵 일찍 잠에서 깬 나는 진지하게 그냥 집에 가버릴까 고민했다. 하지만 이대로 아무것도 모르는 채 회사로 돌아가 동료들을 만나 김빠진 말다툼이나 한다든가, 그마저도 싫어서 아무 일도 없었던 척 자리에 어색하게 앉아 있을 내 모습을 떠올리자 이대로 떠날 수는 없다는 생각이 들었다.

나는 봉투에서 계약서를 꺼내 게임 상금과 출연료를 조목조목 따져보기 시작했다. 술래를 찾아냈다고 가정했을 때 기타 소득세를 제외한 최소 이익이 3천만 원 정도였다. 만약 술래를 단독으로 찾아내는 행운이 따른다면 1억 원이 훌쩍 넘는 돈을 가져갈 수 있다는 계산에 이르자, 순조롭게 액수만큼의 의욕이 더해졌다. 그건 밑바닥에서부터 출연 의욕을 끌어올려주기에는 어딘가 모자랐지만, 간당간당했던 수위를 넘쳐흐르게 하기에는 충분한 금액이었다.

모든 서류에 사인을 마치고, 제작진이 이른 아침부터 가져다준 따끈한 빵과 옥수수수프(상표가 잘 보이도록 놓고 먹으라는 말로 보아 협찬인 게 분명했다)를 목구멍에 밀어 넣었더니 마음이 다소 침착하게 가라앉았다. 아침을 먹는 내내 개인실 안에 달린 스피커를 통해서 슈만의 〈트로이메라이〉가 흘러나왔다.

게임이 시작되는 월요일 아침 9시 10분 전. 출연자는 최종 다섯 명이 되어 있었다. 나를 포함해 남자 셋, 그리고 여자 둘. 하차 의사를 밝힌 나머지 세 사람은 감쪽같이 사라지고 없었다.

우리는 제작진의 요청에 따라 방문 앞에 나와 있었

고, 꼼꼼하게 사인한 계약서와 서약서를 건넨 뒤 게임에 필요한 앱이 설치된 방송 전용 스마트폰을 하나씩 전달받았다. 그리고 게임 시작 전 마지막으로 안내를 받기 위해 기다리고 있었다.

"정말 대단해요. 어쩜 그렇게 사무실을 감쪽같이 재현해놨을까요? 다른 분들 방도 그렇던가요?"

내 방에서 대각선 끝 쪽에 위치한 방 앞에서 밑단이 화려한 청바지 차림의 남자가 말했다. 어제 잔뜩 멋을 부리고 있던 남자였다. 이제 그들이 앞에 서 있는 방의 문패로 촬영용 닉네임을 쉽게 알아볼 수 있었다. 그는 '텀블러' 방문 앞에 삐딱하게 서 있었다. 간밤에 수분크림을 처덕처덕 바르고 잤는지 허여멀건 얼굴이 복도 조명을 받아 번들거렸다.

"참, 여러분 우리 통성명이 아직인데. 잘 부탁해요. '텀블러'예요. 진짜 이름을 밝힐 수 없어서 아쉽군요."

"일주일 뒤엔 알게 되겠죠."

텀블러의 옆방을 쓰는 여자가 문에 기댄 채로 나른하게 말했다. 눈썹이 짙은 여자였다.

"전 여기서 '케이크'예요. 새 이름이 마음에 들어요."

그녀가 눈썹을 위로 찡긋 올리며 간드러진 목소리로 말했다. 아침 민낯에도 풍성한 눈썹이 도드라진 것으로 보아 화장으로 그린 게 아닌 것 같았다. 그녀는 케이크라는 새 이름과 어울리지 않게 단 거라곤 입에도 안 댈 것처럼 비쩍 마른 체형이었다.

방 배치로 봤을 때 그다음 자기소개를 할 차례는 케이크 맞은편의 혼잣말이었지만, 그는 이 상황에 전혀 관심이 없는 것처럼 보였다. 어제 '싫은 사람 투표'에서 영광의 1위를 차지한 혼잣말은 싹싹 비운 아침 식사 그릇을 치우기 쉽게 겹쳐서 스태프에게 건네고 있었다. 아침부터 방 안에서 맨손체조라도 했는지 얼굴이 벌겋게 상기되어 있었다.

"아침이 맛있었어요. 그런데요, 저는 우유식빵도 좋아하지만 옥수수식빵도 좋아해요. 밤식빵까지는 욕심이겠죠?"

그가 입술 아래에 달라붙은 빵가루를 떼어내면서 말했다. 빵가루를 떼어내자, 그의 턱 아랫부분에 있는 나 홀로 점이 조금 더 도드라져 보였다.

"참고할게요, 혼잣말 님."

담당 스태프가 어색하게 미소 지으면서 말했다.

"저기 그런데 방 안의 습도가 20퍼센트밖에 안 되던데……."

"네?"

"혹시 알고 계신가 해서요. 저는 습한 걸 더 싫어하지만 그래도 45퍼센트는 되었으면 좋겠거든요."

혼잣말이 거의 중얼거리듯이 말했다. 그는 대답하는 내내 스태프의 눈을 거의 쳐다보지 못했다.

"어…… 가습기를 가져다드릴까요?"

"정말요? 그럼 오늘부터는 젖은 수건을 걸어놓지 않아도 되겠네요."

혼잣말이 몸 앞으로 두 손을 가져와 조그맣게 손뼉을 치며 기뻐했다.

나는 그를 지켜보면서 그에게서 느껴지는 자연스러움에 주목했다. 어제부터 사람들을 관찰한 결과, 그는 우리 중에 유일하게 방송 출연을 신경 쓰지 않은 차림새였다. 아마도 방송에 나온답시고 옷을 새로 사거나 하지는 않았을 것이다. 그의 옷은 몸에 착 감기듯 편안해 보였다. 그에 반해 나를 비롯한 나머지 출연자의 옷에서는 새 옷 특유의 뻣뻣함이 느껴졌다.

특히나 커피믹스의 세미 정장 바지는 새로 깔아놓은 톱밥처럼 새하얬고, 짙은 갈색 셔츠에는 구김 하나 없었다. 그녀는 담당 스태프를 채근하고 있었다.

"저도 가습기 주세요. 혹시 선착순인가요?"

그녀가 입은 옷의 색깔이 꼭 커피믹스 봉지에 층층이 들어 있는 커피와 프림 같다고 생각하면서 나도 모르게 히죽 웃었는데, 그녀가 내 얼굴을 슬쩍 보더니 잔뜩 경계하는 투로 스태프에게 말했다.

"제가 먼저 말했으니까 다른 방은 못 줘도 저는 주셔야 해요."

그렇게 말하는 그녀의 표정이 이상하게 간절해 보였다.

나는 커피믹스 역시 자기소개를 할 생각이 없다는 걸 알았다.

"전 얼음이에요. 일주일 동안 잘 부탁합니다."

나는 무표정일 때 입꼬리가 무뚝뚝하게 처지고, 얼굴에 둥근 느낌이라곤 없어서 차가워 보인다는 걸 이미 잘 알고 있었기 때문에 최대한 서글서글한 느낌을 주기 위해 애쓰면서 웃어 보였다.

"그래요. 좋아요. 몇몇은 아주 건조하기 짝이 없지만 어쨌든, 재밌을 것 같군요."

텀블러가 손님을 초대한 주인장처럼 거드름을 피우면서 말했다.

"전 사실 여기서 나가려고 짐까지 싸놨지만 방에서 나오기 직전에 어떤 생각이 팍! 떠올랐죠. 모든 성공한 사람들의 삶에는 시련이 있어요. 이 방송이야말로 환경 운동가로서 세상에 이름을 떨칠 나에게 둘도 없는 시련이 될 거란 걸 깨달아버린 거예요!"

텀블러가 말했다.

"얼음 님은 어때요? 이대로 방송에 나가도 괜찮을 것 같나요?"

케이크가 물었다.

나는 그녀의 질문 속에 많은 것이 함축되어 있다고 생각했다. 게임은 이미 시작되었고, 이 질문 하나로 그녀는 나에 대해 여러 가지를 알 수 있을 것이다. 그렇다면 굳이 솔직하게 말할 필요는 없어 보였다. 그리고 내가 술래인 척한다면 더할 나위 없이 유리하게 게임을 풀어나갈 수 있을 거라고 생각했다.

"술래는 기만자예요. 사람들이 싫어해서 여기까지 온 사람들 틈에서 거짓말이나 하고. 얼마나 재밌을까요? 게다가 이기면 상금까지 받을 수 있다니. 딱 한 명 잃을 게 없는 사람이잖아요. 꼭 잡아서 상금을 얻고 싶어요."

나는 일부러 더 결연한 표정을 지으면서 말했으나, 다른 출연자들의 시선은 이미 나를 보고 있지 않았다. 그들은 소음을 일으키며 우리가 있는 층 쪽으로 움직이기 시작한 엘리베이터를 쳐다보고 있었다.

이윽고 엘리베이터가 띵 소리를 내고 출연자들이 있는 층에 멈췄다. 문이 열리고 나타난 건 이일권 PD

였다. 맞은편에 있는 혼잣말은 PD가 가습기를 가지고 오지 않았다는 것에 대해 실망한 기색이었다.

"자, 지금부터 월화수목금, 여러분이 일하시던 때와 마찬가지로 평범한 주간을 보내면서 술래를 찾아야 합니다. 어제 말씀드린 것처럼 설문 조사에서 1등을 하신 혼잣말 님께는 힌트 교환권 하나를 드렸습니다. 개인실에서 확인하실 수 있습니다."

PD가 혼잣말을 가리키며 말하자 그의 상기된 얼굴이 한층 더 불그스레해졌다.

"다른 분들도 분발하시기 바랍니다. 이미 알고 계시겠지만 힌트 교환권은 '규칙을 깨면' 주어집니다. 물론 혼잣말 님도 추가 힌트를 얻으려면 어떤 규칙을 깨야 하는지 고민하셔야겠죠."

"이게 전부인가요? 방법을 모르면 진척 없이 계속 시간만 흐를 텐데요? 우리가 방에서 키보드나 두드리고 탕비실에서 과자나 씹어 먹는 걸 촬영하려고 이렇게까지 준비하진 않았겠죠?"

텀블러가 양팔을 벌리고 크게 주위를 둘러보며 극

적인 톤으로 말했다.

"물론입니다. 하지만 답을 찾아가는 과정 또한 게임의 일부라고 생각해주시면 좋겠습니다. 다른 출연자들을 관찰할 기회이기도 하지요."

"일단은 멍청하게 다른 사람이 하는 행동을 지켜보는 수밖에 없다는 거군요. 하지만 정말로 아무도 힌트를 얻어내지 못하면요?"

커피믹스가 물었다.

"여러분이 그럴 것 같지는 않군요."

나는 PD의 대답이 의미심장하게 들렸다.

"이것 참 난감하군."

텀블러가 목소리를 잔뜩 깔고 말했다.

"그럼, 지금부터는 여러분의 모든 동선에 설치된 카메라가 우리 제작진을 대신할 겁니다. 평소와 같지만 재밌는 하루가 되시길 바랍니다."

PD가 엘리베이터를 타고 사라지자, 다시 복도에 흐르는 잔잔한 음악과 우리 다섯 사람만 남았다. 아침 식사를 할 때와는 다르게 바이올린 곡으로 편곡된

〈트로이메라이〉였다. 안정된 선율이 불안정한 분위기를 상쇄해 불필요한 감정들이 잦아들고 있었다.

시계가 아침 9시를 가리키는 순간, 일을 하기 위해 개인실로 돌아가는 사람은 혼잣말뿐이었다. 나머지 넷은 일제히 탕비실로 향했다. 다들 혼자 고민하는 것보다는 다른 사람을 따라 하는 식으로 힌트를 얻어 보려는 심산이었다.

자세히 들여다본 탕비실은 전날 겉핥기로 봤을 때보다 훨씬 더 출연자에게 딱 맞추어 현실 고증이 잘 되어 있었다. 냉동실에는 콜라 얼음이 꽉 들어찬 얼음 틀이, 냉장실에는 '케이크의 케이크. 손대지 마시오'라고 적힌 포스트잇을 붙여둔 커다란 노란색 케이크 상자가 있었다.

우리 다섯 명의 닉네임이 적힌 탕비실 청소 체크 용지도 냉장고에 자석으로 붙어 있었다. 요일별로 청소를 한 뒤 각 청소 항목에 O, X를 표시하게끔 되어 있었는데, 텀블러는 용지를 보자마자 숨겨진 메시지라도 찾을 기세로 냉장고에서 떼어내어 형광등 불빛에 비추어 보더니 여의치 않자 라이터 있는 사람을 찾기 시작했다. 라이터 불에 종이를 그을려 숨겨진 글자를 찾아볼 작정인 것 같았다. 다행히 아무도 라이터를 가지고 있지 않자 금방 흥미를 잃고 아무렇게나 다시 붙여두었다.

한편 개인실에 있다가 잠깐 탕비실에 들어온 혼잣말은 냉장고에서 에너지드링크를 꺼내고 하루에 하나씩 먹을 수 있게 나온 견과류 한 봉지를 챙기고 있었다. 그는 다섯 명이 모두 탕비실에 있는 상황이 불편한 것 같았다.

"인구 밀도가 너무 높아. 쾌적하지가 않아……."

혼잣말이 실제로 공기가 부족하기라도 한 것처럼 숨을 후후 몰아쉬면서 중얼거렸다. 그의 혼잣말은 아무도 쳐다보지 않고 하는 말치고는 소리가 커서 꼭 들으랍시고 구시렁거리는 것처럼 느껴졌다.

"저런 행동이 다 연기일 수 있잖아요."

혼잣말이 탕비실에서 나가자마자 커피믹스가 내

게 말했다.

그녀의 말대로 나 또한 설문 조사를 통해 우리가 부여받은 캐릭터는 연기하기 수월하게 뚜렷한 특징을 가지고 있다고 생각했다. 나는 제작진이 술래 역할로 숙련된 배우를 쓰지는 않았을 거라고 짐작했다. 우리 중에는 알아보는 사람이 없더라도 방송을 본 누군가 알아본다면 첫 화에서 이미 답이 정해져버리고 말 테니, 아마도 일반 직장인을 섭외했을 가능성이 컸다. 그렇기 때문에 술래는 더욱 주어진 캐릭터의 특성을 성실하게 연기해낼 것이다.

"시애틀의 스타벅스 1호점에서 사 온 이 텀블러에도 잊을 수 없는 추억이 있어요. 그때 환경 운동 하는 친구들을 많이 만났었죠."

텀블러는 이제 챙겨 온 개인 텀블러들을 싱크대에 늘어놓고 있었다. 크기와 모양별로 총 열다섯 개였다. 그가 말할 때마다 허여멀건 피부와 대조되는 누런 앞니가 힐끗힐끗 드러났다.

"큰일에 집중하다 보면 이까짓 사소한 것은 신경

쓰지 않게 되죠."

텀블러가 구석구석 숨겨진 카메라들을 가리키면서 말했다.

"원래 큰일을 도모하는 사람한테는 시기 질투가 따르잖아요. 전 여기 오게 된 것도 그런 맥락이라고 봐요."

나는 시애틀까지 가서 텀블러를 사 모으는 건 확실히 큰일이라고 생각했다.

텀블러는 나와 커피믹스에게 이야기하는 척하면서 자꾸만 냉장고 근처의 케이크를 의식했다. 케이크는 냉장고 안의 케이크 박스를 꺼내 요리조리 살피더니 다시 집어넣고 있었다.

"생일날 받은 케이크들을 넣어뒀던 건가요?"

나는 그녀의 설문 조사 항목이 '공용 냉장고에 케이크 박스를 몇 개씩 꽉꽉 넣어두고 집에 가져가지 않는 사람'이었다는 것을 기억하고 물었다.

"그렇지도 않아요. 꼭 생일날이 아니어도…… 저는 부담스럽다고 하는데도 주변에서 자꾸만…… 출근

할 때 갑자기 주기도 하고 그러니까 회사에 쌓아두게
되더라고요. 정말 민폐인 걸 알면서도."

케이크가 짙은 눈썹을 축 늘어뜨리고 난처한 기색
으로 말했다.

"그러니까 남자들이 선물 공세를 한다는 겁니까?"

텀블러가 끼어들었다.

"아유, 그렇게 말할 정도는 아니에요."

케이크가 손사래를 쳤다.

"그럼요. 물론 그렇게 말할 정도는 아니죠. 그러니
까 제 말은, 고작 케이크잖아요? 저라면……"

텀블러가 헛기침했다.

"저라면 좀 더 신경 썼을 겁니다."

나는 텀블러를 흥미롭게 관찰했다. 자칭 환경 운동
가. 자신만만하다 못해 거만한 말투. 그는 아침부터
일관된 어조로 말하고 있었다. 사람의 특성이 입체적
이지 않고 일직선상에 보기 좋게 놓여 있을수록 만들
어진 캐릭터일 가능성이 크다고 생각했다.

내가 크고 작은 수납장을 다 열어본 후 벽 뒤에 비밀 공간이라도 있는지 두드려보고 있을 때, 커피믹스가 나에게 접근했다. 그녀는 내 옆에 있는 토스터에 호밀빵을 넣고 굽는 척하면서 말을 걸었다.

"저기요, 얼음 님."

"네?"

나는 그녀가 먼저 말을 걸어준 게 무척 반가웠지만 내색하지 않으려고 적당히 시큰둥하게 반응했다.

"알아내는 게 있으면 우리 둘만 공유하는 게 어때요? 텀블러랑 케이크는 이미 한 편인 것 같은데."

그녀가 턱 끝으로 텀블러를 가리켰다.

텀블러는 케이크에게 고전적인 미인의 눈썹을 가졌다는 둥, 옆머리까지 시원하게 묶어 올리면 화면에 더 잘 나올 것 같다는 둥 수작을 부리면서 스리슬쩍 그녀의 얼굴에 손을 갖다 대려고 했다.

"그런 것 같네요."

나는 커피믹스의 말에 동의했다.

"그럼 알아내는 게 있으면 꼭 공유하죠. 너무 붙어

있지는 않는 게 좋겠어요."

그녀는 그렇게 말하고 케이크가 탕비실에서 나가
자마자 텀블러의 곁으로 다가갔다.

"어때요, 텀블러 님이 보시기에 케이크 님이 어떤
사람 같던가요?"

커피믹스가 물었다.

"딱 봐도 관상이, 거짓말 못하는 관상이에요."

텀블러가 커피믹스에게 대수롭지 않게 대답했다.

나는 텀블러가 환경 운동가인지 관상가 양반인지
는 모르겠지만 열 마디만 나누어보고도 어떤 사람인
지 파악할 줄 아는 타고난 재능을 가졌거나, 또는 무
작정 믿어버리는 게 속 편한 사람이라고 생각했다.

나는 커피믹스가 텀블러를 등지고 살짝 고개를 절
레절레 젓는 걸 똑똑히 보았다. 아마 게임이 끝날 때
까지 두 사람이 동맹을 맺는 일은 없을 것이다.

하루 제한 시간 100분은 탐색에 턱없이 부족한 시
간이었다. 서로 표면적인 대화를 나눈 것은 성격을

파악하는 데 조금은 도움이 되었다. 혼잣말은 그의 닉네임처럼 혼자서 게임을 진행하기로 마음먹은 듯 보였고, 텀블러는 이 게임에서 케이크 한 명만 얻어가도 족하다고 생각하는 것 같았다.

오후에 새롭게 알아낸 사실은 커피믹스는 말이며 행동이 급하다는 것이었는데, 그녀는 에스프레소 머신으로 뽑은 커피가 훨씬 더 맛있다고 생각은 하면서도 에스프레소가 추출되는 시간을 기다리지 못해서 대충 정수기 온수에다 커피믹스를 후루룩 타 먹는 거라고 고백했다.

한편 다들 오전 중에 뒤져볼 곳은 다 뒤져봤다고 생각했는지, 오후에는 남은 제한 시간을 최대한 잘게 끊어서 아무도 없을 때 재빨리 염두에 뒀던 곳을 집중적으로 파헤치는 전략을 선택했다.

나는 회사 업무에 집중하다가도 복도에 인기척이 잦아드는지 문밖의 소리에 귀를 쫑긋 세우고 있다가 잠깐씩 틈이 나면 탕비실로 향하곤 했다. 우연히 마주친 혼잣말이 에스프레소 머신 주위에 지저분하게

떨어진 커피 가루를 행주로 싹싹 훔치고, 가루로 된
건 질색이라느니 중얼거리는 걸 들었지만 힌트를 얻
는 데는 도움이 되지 않았다.

또 텀블러가 들었다 놓은 듯 처음 위치와 묘하게
다른 방향으로 놓인 소형 가전제품들이 눈에 띄어서
들어 올려 밑바닥을 보기도 했지만 역시나 아무것도
없었다. 나는 그의 방 탈출식 문제 해결법이 전혀 효
과가 없다는 걸 머리로는 알면서도, 괜히 무리해서
냉장고 밑바닥도 볼 수 있을까 하고 바닥에 엎드려
있다가 낯 뜨거운 자세로 케이크와 마주치고 나서야
완전히 바보짓이라는 걸 깨닫고 그만두었다.

첫날에만 스무 번째 탕비실에 들락거렸을 때, 나는
이 낯선 공간에 맞추어 일상 감각을 회복하기 시작했
다. 매일 하던 일의 힘이란 게 커서 업무를 처리하다
보니 이사 온 집에서 재택근무를 하는 정도의 감각으
로 돌아왔던 것이다. 이질감 없도록 다른 구조물 사
이에 적절하게 섞어놓은 카메라들도 처음처럼 신경
쓰이지는 않았다. 물론 얼굴이 확실하게 잡힐 만한

각도에서는 좀 더 자신 있는 왼쪽 얼굴이 나오게끔 살짝 비뚤게 서 있곤 했다.

첫날이 거의 끝나가는 오후 5시가 되자 다들 지친 기색이었다.

나는 점심도 걸렀지만 배고픈 줄도 모르고 탕비실에서의 시간을 아끼기 위해 복도에서 뭔가 얻을 수 있는 게 없나 하고 서성거렸다. 업무와 게임에 집중하느라 다들 점심을 건너뛰었다가, 뒤늦게 배가 고파져 각자 시켜 먹고 제작진이 대신 치울 수 있도록 문밖에 내놓은 배달 음식 봉투들을 겸사겸사 훑어봤을 뿐이었다.

"그럴 리가 없는데. 아이, 알겠어요. 알겠어. 방으로 갈게요."

마지막으로 혼잣말의 방 앞에 있는 봉투를 살펴보고 일어나는데, 탕비실 안에서 실랑이하는 소리가 들렸다. 커피믹스와 스태프였다.

"100분 초과했습니다. 오늘은 더 이상 출입하실 수

없습니다."

커피믹스가 총 체류 시간 100분이라는 유일하게 주어진 게임 규칙을 깨기 위해 일부러 101분째 탕비실에서 시간을 죽이다가 제작진에 의해 끌려 나가고 있었다.

"대체 어떻게 하라는 거예요? 규칙이라곤 이것밖에 없잖아요. 안 그래요?"

그녀가 투덜거렸다. 그녀의 말대로였다. 언급된 규칙이라곤 그것밖에 없다. 그게 아니라면 게임의 규칙을 말하는 게 아닐 것이다. 나는 오늘이 끝나기 전까지 사람들이 힌트를 발견한 기색이 없다면, 가장 먼저 힌트를 발견한 사람을 술래로 의심할 생각이었다.

아무도 힌트를 얻지 못하면 보다 못한 제작진이 개입할 것이고, 개입하는 가장 쉬운 방법은 술래를 이용하는 것이기 때문이다. 하지만 PD를 비롯한 제작진은 정말로 아무 개입이 없는 모양이었다. 내가 보던 다른 프로그램들은 출연자를 따라다니는 카메라맨이 있기도 하고, 중간중간 인터뷰도 하는 것 같았는데 그들은 아무 움직임이 없었다. 오늘 한 거라곤 평소처럼 열심히 일한 것뿐이고, 심지어 탕비실에 좀 더 신경을 쓰고 싶어서 일을 평소보다 빠르게 끝내기까지 했다. 이쯤 되면 회사에서 마련한 고도의 워크숍이 아닌가 싶을 정도였다.

PD는 어떤 생각으로 우리를 여기 데려다 놓았을까? 무엇을 담고 싶어서? 나는 그의 말들을 곱씹어보기 위해 인상을 잔뜩 찌푸리고 생각에 잠겼다.

불현듯 PD의 마지막 말이 떠올랐다. 아무도 힌트를 얻지 못하면 어쩔 거냐는 물음에, PD는 분명히 '여러분이 그럴 것 같지는 않다'고 했었다. 그의 어조는 미묘하게 '여러분'을 강조하고 있었다. 그게 무슨 의미일까? PD는 우리라면 힌트 교환권을 반드시 얻을 거라 생각하고 있었다. 그렇다면 우리가 잘하는 것. 의식하지 않아도 결국엔 하게 되는 것. 그게 뭘까? 인정하긴 싫지만 민폐 끼치기로는 한가락 하는 사람들이 모인 것 아닌가?

나는 PD가 원래 다큐멘터리를 기획했었다는 걸 기억해냈다. 다큐 감독들은 상황을 최대한 현실적으로 통제하기 위해서 애쓴다. 그가 그런 태도를 여기서도 버리지 못했다면 개입을 최소화하는 지금의 모습도 이해가 된다. 게다가 보기 껄끄러운 걸 마음껏 담아내려고 한다면, 우리가 가장 적합한 인재였을 것이다. 그렇다면 마음껏 재능을 펼쳐 보여야지.

나는 그길로 곧장 탕비실로 갔다. 손목시계는 오후 5시 57분을 가리켰다. 안에는 아무도 없었다. 빽빽한 냉장고 문을 힘껏 열자 냉기가 몸통에 훅 불어닥쳤다. 큼지막한 노란색 케이크 상자가 떡하니 가운데 놓여 있었다.

냉장고 안은 각자 개인실에서 먹다 남은 배달 음식 잔반들로 아침보다 훨씬 복잡해져 있었다. 그리 크지 않은 냉장고의 대부분을 차지하고 있는 케이크 상자와, 덕분에 문짝에 비좁게 들어차 있는 각종 음료와 배달 음식에서 나온 소스들을 보고 있자니 속이 꽉 막히는 것 같았다. 나는 '케이크의 케이크. 손대지 마시오'라고 적힌 포스트잇을 낚아채 구겨버렸다. 커다란 케이크 상자에 비해 안에 든 초콜릿케이크는 의외로 손바닥만 한 작은 크기였다. 포크를 찾을 정신도 없이 동봉된 케이크 칼로 뭉텅뭉텅 조각을 잘라 그대로 입으로 가져갔다.

평소에는 좋아하지도 않던 묵직한 초콜릿케이크가 천국의 맛처럼 느껴지는 순간, 이게 맞다는 확신이 들었다.

5

나는 3분 동안 허겁지겁 케이크를 훔쳐 먹었다. 어
딘가에서 보고 있을 제작진에게 규칙을 깨버리고 말
거라는 결연한 의지를 보여주기 위해 한 입도 남기지
않았다. 그리고 매너라고는 구경도 못 해본 사람처럼
크림이 지저분하게 묻은 빈 상자를 치우지도 않고 아
무렇게나 내버려두고 탕비실에서 나왔다. 어렸을 때
형이 밸런타인데이에 받아 온 고급 초콜릿 한 상자를
날름날름 집어 먹다가 결국 몽땅 먹어버려서, 빈 상
자만 다시 냉장고에 넣어두고 방에 숨어 있던 그날의
부도덕한 두근거림이 떠올랐다.

자리로 돌아오자 아니나 다를까 힌트 교환권이라고 적힌 황금색 봉투가 도착해 있었다. 탕비실에서 지켜야 할 암묵적인 규칙을 깨는 것이 해답일 거라는 내 예상은 빗나가지 않았다. 나는 신이 나서 봉투를 뜯고 두꺼운 종이에 인쇄된 힌트 교환권을 꺼냈다.

교환권에는 얼음과 커피믹스, 텀블러와 케이크 그림, 그리고 혼잣말을 나타내는 듯 입을 유난히 강조한 사람 모양의 그림이 그려져 있었다. 그리고 그 아래에는 이렇게 적혀 있었다.

힌트를 열람하길 원하는 상대의 이미지에 체크하십시오.

(본인을 고르려면 힌트 교환권 두 장이 필요합니다.)

힌트 교환권을 얻게 되면 나에 대한 힌트부터 열람하겠다던 생각은 온데간데없었다. 누구보다 먼저 힌트를 얻는 방법을 알아냈다는 생각에 들떠서, 머릿속에는 이미 압도적인 게임 진행 능력으로 우승을 거머쥔 나의 늠름한 모습이 총천연색으로 재생되고 있었다. 게다가 나에 대한 건 다른 출연자가 대신 열람해 줄 테니, 어차피 방송을 보면 알게 될 게 아닌가?

나는 잠깐 고민하다가 텀블러를 선택했다. 힌트 교환권에 그려진 텀블러 그림에 크고 또렷한 동그라미를 그린 뒤, 방문 바깥에 있는 상자에 넣어두었다. 5분도 채 지나지 않아 똑똑 희미한 노크 소리가 들렸다. 잽싸게 방문을 열고 나갔지만 밖에는 아무도 없었다. 나는 복도에서 다른 누군가와 마주칠세라 서둘러 열쇠를 자물쇠 구멍에 밀어 넣었다. 상자를 열자 넣어뒀던 힌트 교환권은 사라지고 길쭉하고 납작한 물체가 놓여 있었다.

그건 노란색 알루미늄 포장지에 싸인 초콜릿바였다. 나는 방문을 조심스럽게 닫고 들어와 자리에 앉아 초콜릿바를 요모조모 살펴보았다. 텀블러가 앞니를 활짝 드러내고 웃는 얼굴이 검은색 선의 캐리커처 그림체로 포장지에 인쇄되어 있었는데, 노란색 포장지 덕분에 그의 누런 앞니가 선명하게 떠올랐다. 그의 얼굴 옆에 어색한 글씨체로 적힌 '땅콩초코바'라는 상품명이, 만들어낸 소품이라는 인상을 확 풍겼다.

그러나 그런 것들보다 특이한 점은, 포장지 뒷면에 선으로 된 바코드 대신 QR코드가 인쇄되어 있다는 것, 그리고 주의 사항 문구를 일반적인 크기보다 훨씬 크게 써서 눈에 확 띄도록 해두었다는 것이다.

QR코드 아래에 은색 글씨로

땅콩 등 견과류에 알레르기가 있는 사람은 주의하십시오.

라고 적혀 있었는데, 앞부분 글자에 벗겨낼 수 있을 것 같은 얇은 필름막이 씌워져 있었다. 나는 손톱으로 살살 긁어 '땅콩 등 견과류'라는 글자에 씌워진 필름을 벗겨냈다. 그러자 주의 사항 문구가 다음과 같이 바뀌었다.

편협한 사고에 알레르기가 있는 사람은 주의하십시오.

이런 식의 주의 사항이 힌트일 거라고는 예상하지

못했었다. 그리고 동시에 납득했다. 사물에나 적혀 있을 법한 주의 사항에 빗대어 출연자를 설명하고 있는 것 또한, 우리를 이름으로 부르지 않는 방송 콘셉트에 맞춘 게 분명했다.

그러나 나는 그것이 힌트의 전부라는 게 믿기지 않았다. 그건 터무니없이 부족하고 모호했다. 나는 초콜릿바 한가운데 돌돌 말아놓은 종잇조각이라도 박혀 있길 바라면서, 포장지를 뜯어 초코바를 조심조심 이로 갉아 먹었다. 그러나 고소한 땅콩이 듬뿍 박혀 있어서 특별히 맛이 좋다는 것 외엔 아무것도 알아낼 수 없었다.

남은 부분을 한입에 털어 넣기 직전에야 봉지에 인쇄된 QR코드가 다시 눈에 들어왔다. 나는 바보같이 그제야 아침에 게임 진행용으로 제공받은 스마트폰이 생각났다. 깨끗한 핸드폰 바탕화면에 유일하게 설치된 앱을 켜자 QR코드 인식 화면이 나타났다. 포장지를 뜯을 때 날아간 QR코드의 귀퉁이를 손끝으로 간절하게 붙잡고 최대한 조각을 맞추어 카메라에 들이대보니, 다행히 링크가 나타났다.

재생 버튼을 누르자마자 갑자기 큰 소리가 터져 나와 나는 깜짝 놀랐다. 황급히 핸드폰 볼륨을 줄이고 스피커에 귀를 바짝 갖다 댔다. 그건 텀블러 주변인의 증언을 담은 오디오 파일이었다. 텀블러에 관한 일화를 들려달라는 제작진의 목소리 뒤에 담긴 대답하는 사람의 목소리는 남자인지 여자인지도 알 수 없을 만큼 심하게 변조되어 있었다.

"텀블러 엄청 많이 갖고 다니는 그 사람 말이죠? 저는 그 사람 보면 텀블러랑 되게 비슷하다는 생각이 들거든요. 겉이 엄청 번지르르한…… 한 6만8천 원 정도에 팔 것 같은 비싼 텀블러요. 사실 기능은 별거 없잖아요. 물을 조금 따뜻하게 보관할 수는 있지만 다시 팔팔 끓일 수 있는 것도 아니고요. 그게 딱 그 사람 같아요. 알고 보면 별거 없는 거요."

증언하던 사람이 실없이 웃다가 목소리를 낮췄다.

"그보다 말이에요. 생각하는 게 텀블러 안에 몇 날 며칠 고여 있는 알 수 없는 액체 같더라니까요. 고여서 썩어가는데 뚜껑만 꽉 닫아놓은 것처럼요. 자기 생각을 바꿀 마음도 없고 남의 말을 듣지도 않아요."

파일 재생이 끝나자 다시 주변이 조용해졌다. 알 수 없는 사람으로부터 잘 알지 못하는 사람의 뒷말을 듣는 것이 으스스했다. 텀블러는 자기에 대한 이 설명을 얼마나 납득할 수 있을까? 내가 이걸 듣고도 앞으로 그를 선입견 없이 대할 수 있을까?

……그렇다면 나에 대해선 뭐라고 말했을까? 나는 나에 관해 얘기하는 변조된 목소리를 상상하자 어쩐지 오금이 저리고 등이 싸늘하게 식는 것 같았다. 그리고 부디 내가 전혀 예상하지 못한 내 모습은 아니길 바랐다.

나는 초콜릿케이크에 초콜릿바까지 잔뜩 밀어 넣어 니글니글해진 배를 문지르며 창문 가까이 섰다. 강추위에 머플러를 눈 바로 아래까지 꽁꽁 동여맨 사람들이 보였다. 이곳과 아무 상관도 없는 사람들을 보니 조금 진정되는 것 같았다. 그리고 기분이 점점 나아졌다. 분위기상 내가 우위를 점한 것 같았고, 힌 트가 많이 남는다면 내 걸 열람해볼 수도 있겠다는 생각이 들었다.

나는 그날 밤, 또 다른 힌트를 얻어낼 만한 민폐 행 동, 규칙을 깨는 행동들을 즐겁게 생각하다가 스르르 잠들었다. 그리고 이튿날 아침에는 알람 없이도 눈이 반짝 떠졌다. 이 게임에서 유리한 위치를 선점하고야 말았다는 사실에 더없이 의기양양한 기분이었다. 업 무 시간 전에 미리 회사에서 온 메일을 모조리 확인 해버렸고, 유관 부서의 까다로운 요청에도 기분이 나 쁘지 않았다. 수십 대의 카메라는 이제 화재경보기나 스프링클러 정도로 자연스럽게 느껴지기 시작했다.

나는 오전 업무를 해치우고 누구보다 빠르게 힌트 얻을 구석을 모조리 탐색하려고 9시 20분도 되지 않 아 탕비실에 들어갔지만, 안에는 이미 텀블러와 커피믹스가 있었다. 텀블러는 뜨거운 물을 콸콸 틀어놓고 자신의 텀블러들을 세척하고 있었다. 커피믹스는 구석에 있는 과자 선반 앞에서 분주해 보였다.

내가 두 사람에게 아침 인사라도 건네려는 순간, 텀블러가 고무장갑을 낀 채 커피믹스 쪽으로 휙 돌아서며 쏘아붙였다. 고무장갑에서 물이 뚝뚝 떨어졌다.

"치사하게 이런 말은 안 하려고 했는데 지금 쿠크 다스 몇 개 챙겼어요?"

텀블러가 커피믹스의 터질 듯한 바지 주머니를 가리키며 말했다. 주머니 입구에 과자 봉지 끄트머리가 슬쩍 나와 있었다.

"그건 왜 물어요?"

커피믹스가 과자 봉지를 주머니에 더욱 깊숙이 찔러 넣으며 되물었다.

"여기 달랑 하나 남았잖아요. 케이크 님도 이거 좋아하던데. 좀 남겨놔야죠. 다 같이 먹는 건데."

텀블러가 따져 물었다. 그러자 커피믹스의 언성이 돌연 높아졌다.

"다 떨어지면 또 채워 넣겠죠. 제작비로 산 건데 무슨 상관이에요? 잘 봐요. 이 쿠크다스는 한 박스에 100개가 들었는데 우리는 여기 와서 열 개도 안 먹었다고요. 제작진이 이걸 준비하면서 낱개로 샀겠어요? 한 박스는 샀겠죠, 당연히. 어차피 우리가 안 먹으면 누군가 다 가져가게 돼 있어요."

나는 두 사람이 언쟁하는 동안 텀블러가 틀어놓은 수도꼭지를 슬쩍 잠갔다. 뜨거운 물을 얼마나 틀어놨던 건지 개수대에 김이 풀풀 나고 있었고, 적어도 열 개는 넘는 텀블러들이 널브러져 있었다.

"트라우마가 있지 않고서야 누가 2023년에 먹을 걸 그렇게 쟁여놓습니까? 집에 가서 부모님께 진지하게 여쭤보세요. 쿠크다스에 얽힌 눈물 없이는 듣지 못할 슬픈 사연이 있을 거예요."

텀블러가 정말로 걱정스럽다는 듯이 말했다.

"내가 어릴 때 어떻게 살았는지는 잘 기억하고 있으니까 참견 말아요."

커피믹스가 냉랭하게 대답했다.

"어릴 때 무슨 일이 없었는지 잘 생각해보라는 게 그렇게 발끈할 일은 아니라고 봅니다. 커피믹스 님을 생각해서 하는 말이라고요. 내가 당신이라면 당장이라도 정신과 상담을 받아볼 거예요. 환경적인 측면에서도 좋지 않아요. 그런 무분별한 소비 행태가 지구를 어떻게 만들었는지 알게 되면 깜짝 놀랄 겁니다."

텀블러는 다시 커피믹스를 등진 채 물을 콸콸 틀고 과일스무디 전용 텀블러를 헹구기 시작했다. 그가 집어 든 토마토 찌꺼기가 말라붙어 있는 텀블러의 입구는 유난히 넓어서 그의 커다란 주먹이 통째로 들어가고도 남았다.

"그보다 텀블러 사러 시애틀까지 가는 사람은 무슨 정신머리인지 알아보는 게 어때요. 세계 탄소발자국 위원회가 북극곰을 데리고 여길 급습한다면 곰 앞발로 뒤통수를 얻어맞을 사람은 내가 아니라 당신일걸요?"

커피믹스가 언짢은 얼굴로 곰 앞발처럼 양손을 쓱 치켜들면서 말했다. 나는 그녀가 선반에 있는 옥수수

통조림 캔이라도 들고 그의 후두부를 가격하지는 않을까 노심초사하며 두 사람을 지켜봤다.

"모르시는 말씀! 제가 그동안 환경보호에 얼마나 기여했는지 3일 밤낮으로 떠들고 싶지만 참겠습니다. 그보다 제가 이번에 유명 제조업체랑 협업해서 만든 텀블러와 야외용 식기 세트가 있는데, 사이트 주소라도 보내드릴까요? 소재가 좋아서 좀 비싸긴 하지만 30년 정도 쓴다고 가정하면 그간 절약되는 일회용품의 수가 어마어마합니다. 그 점에 대해서는 제가 언제 한번 확실히 알려드리고 싶군요. 아, 전용 세제도 같이 팔고 있으니까 꼭 들어가보세요. 제 인스타그램에 있는 링크 통해서 들어가면 12퍼센트 할인 쿠폰을 받을 수 있…… 이런, 가버렸군."

커피믹스는 텀블러의 말이 끝나기도 전에 탕비실에서 휙 나가버렸다.

나는 탕비실을 빠져나가는 커피믹스의 뒷모습을 보고 갑자기 정신이 번쩍 들었다. 과자를 혼자 쟁여두는 건 명백히 탕비실의 일반적인 규칙에 어긋나는 행동이다. 이로써 커피믹스는 자리로 돌아가는 즉시 힌트를 받게 될 것이다. 그리고 바보가 아니라면 게임에 대해 완전히 파악하게 되겠지. 나는 독주하는 기분을 하루라도, 아니 그날 오전까지만이라도 느끼고 싶었지만 글렀다는 걸 깨달았다.

"얼음 님도 저런 행동은 별로죠? 나도 못 본 척하면 편해요. 그럼요, 편하죠. 쓴소리하는 건 나도 싫어요. 방송에 나가는데도 그걸 못 참고. 뭐 때문에 여기 왔는지 뻔히 알면서. 나는 나처럼 말해주는 사람도 필요하다고 생각해요."

내가 불편한 표정을 감추지 못하자 텀블러가 물었다. 나는 그가 참 속 편한 사람이라고 생각했다. 누가 우리끼리 훈계나 하라고 여기 불러다 놨을까? 텀블러야말로 우리가 왜 여기에 와 있는지 벌써 잊어버리기라도 한 걸까? 영화배우 뺨치게 연기를 잘하는 술래가 아니라면, 텀블러는 아직 게임에 대해 알아낸 게 없는 것 같았다.

커피믹스는 아직 내가 첫 번째 힌트를 얻었다는 사실을 모를 것이다. 그러나 나는 그녀가 힌트를 얻었을 거란 걸 알고 있다. 나는 전날 그녀가 제안했던 동맹이 유효하다면 힌트를 얻는 방법을, 아니 작은 실마리라도 귀띔해줄 거라고 생각했다. 그러나 커피믹스는 탕비실에서 세 번이나 마주치는 동안 내게 아무 말이 없었다.

나는 그날 그녀가 싫어졌다. 그러나 술래를 잡아내기 위해서는 그녀에 대해 더 알아내야만 했다. 나는 살면서 싫어하는 사람을 더 알아보려고 한 적이 없었다. 항상 그랬던 것 같다. 누군가를 싫어하는 건 쉽지만 정말로 알아보려고 노력하는 건 어렵다. 나는 이 게임이 단순히 탕비실에서 열리는 진상 콘테스트가 아니라는 걸 그때 알았다.

6

　건물 외벽과 붙어 있는 침실은 외풍이 심했다. 기온이 훅 떨어지자 사무실에도 으슬으슬 냉기가 비집고 들어왔다. 탕비실로 이어진 복도와 탕비실 내부에만 훈훈하게 온기가 감돌아서, 나는 일하다 말고 복도를 어슬렁거리거나 누군가 탕비실에 들어가면 따라 들어가 다른 출연자들의 동태를 살피곤 했다.

　"나중에 방송을 보면 정말 가관이겠어."

　텀블러가 말했다.

　"힌트 쪼가리 하나 얻으려고 다들 무슨 짓들을 했는지 본다면 말이야."

그는 케이크와 반말로 쑥덕거리고 있었다. 케이크가 더 이상 말하지 말라는 듯이 쉿 하고 손가락을 입에 갖다 대자, 텀블러가 실수했다는 양 눈을 동그랗게 뜨고 좌우를 살피더니 이내 키득거렸다. 나는 못 들은 체하며, 토스터에서 방금 구운 식빵 두 조각을 꺼내 들었다. 새카맣게 탄 귀퉁이가 파사삭 부서져 내렸다.

텀블러와 케이크는 첫날보다 훨씬 돈독해 보였다. 두 사람끼리만 따로 보낸 시간이 있기라도 한 건지 급속도로 친밀해진 것 같았다. 그들은 다른 참가자들 앞에서 두 사람만의 견고한 동맹을 과시하듯이 틈만 나면 시시덕거렸는데, 나는 시청자들에게도 그들이 꼴사나워 보일지 아니면 내 눈에만 이렇게 꼴 보기 싫은 건지 굉장히 궁금했다.

단 하루라도 혼자서 앞서나가고 싶었던 나의 간절한 바람과는 다르게, 불과 화요일 오후가 되었을 때 이미 모든 출연자가 힌트를 얻은 것 같았다. 조급해

하던 특유의 행동들이 사라졌던 것이다. 나는 커피믹스가 또 다른 누군가와 가지고 있는 힌트를 추후에 교환할 것을 조건으로 동맹을 맺었을 가능성 등을 점쳐보았으나, 다들 커피믹스처럼 우연히(PD의 관점에서 보자면 필연적으로) 해답을 찾았을 가능성에 좀 더 무게를 두었다.

나는 아슬아슬하게 다른 출연자들의 눈을 피해가며 최대한 힌트를 확보하는 데 열을 올렸다. 먼저 텀블러의 텀블러 중 그가 가장 아낀다는 시애틀 스타벅스 1호점 기념 텀블러에 물을 받아서 들이켰다. 확실하게 하기 위해서 입을 대고 마시는 것도 잊지 않았다. 솔직히 말해서 최대한 지저분하게 입구에다가 입을 문질렀는데, 그러는 동안 텀블러의 누런 앞니를 떠올리지 않기 위해 애를 써야만 했다.

그리고 콜라 얼음과 커피 얼음이 반반씩 들어 있는 얼음 틀을 꺼내서 내용물을 모조리 싱크대에 쏟아버렸고, 물론 뒷사람을 위해 다시 얼음을 얼려놓는 일 따위는 하지 않았다.

"뭐 하세요?"

거사를 치르고 황급히 나가려는데 커피믹스가 나를 불러 세웠다.

"누가 있나 해서 와봤는데 아무도 없어서요. 그냥 둘러보러 왔죠."

그러나 그녀는 복도에서부터 와르르 얼음 쏟는 소리를 들은 건지 냅다 냉동실부터 열어보았다. 나는 그녀가 발을 살짝 들고 시선을 얼음 틀 쪽으로 보내는 것을 눈치챘다.

"아, 그러시구나."

내가 미닫이문을 닫고 나오는데, 닫히는 문틈으로 커피믹스의 콧노래가 들렸다. 나는 그 콧노래의 의미를 '너도 알지만 알려주지 않았구나. 그렇다면 이제 서로 비긴 거네'라고 해석했다. 곧장 방으로 돌아오자 두 장의 힌트 교환권이 기다리고 있었고, 일단 봉투 하나를 뜯어서 고민도 없이 커피믹스를 선택했다.

텀블러의 힌트가 초코바로 전달된 것과는 다르게,

이번에는 힌트 박스에 맥가이버 나이프 세트가 들어 있었다. 겉 케이스에는 '*어린이의 손이 닿지 않는 곳에 보관하세요*'라는 주의 사항이 적혀 있었고 글자에 씌워진 필름막을 긁어내자 '*귀중품은 손이 닿지 않는 곳에 보관하세요*'로 바뀌었다. 그 문구만 보자면, 커피믹스가 공용 비품에 욕심을 부리는 정도를 넘어서서 도벽이 있으니 조심하라는 것 같았다.

그리고 QR코드로 확인한 오디오 파일에서 그녀의 동료들은 놀랍게도 텀블러와 똑같이 그녀의 정신적 결핍에 관해서 이야기했다. 그녀가 공용 물건을 자꾸만 쟁여놓는 것은 분명 과거의 어떤 트라우마나 중대한 사건 때문일 거라는 거였다. 그러나 오디오 파일의 목소리에서는 측은함이라고는 전혀 느껴지지 않았고, 그냥 한층 재미난 이야깃거리로 발전시키고 싶어하는 듯한 흥미로움만 느껴졌다.

나는 남은 하나의 힌트 교환권도 커피믹스에게 사용했다. 이번에도 주의 사항 문구만 바뀐 똑같은 맥가이버 나이프가 힌트 상자에 들어 있었다.

칼날이 매우 날카롭습니다. 다치지 않도록 유의하십시오.

　주의 사항은 필름막을 벗겨내자 '*신경이 매우 날카롭*
습니다. 다치지 않도록 유의하십시오'로 바뀌었다. 그리고
음성 힌트는 그녀의 결핍에 대해 텀블러처럼 파고들
어 훈계에 가까운 조언을 하려다가 되레 심한 소리
를 들은 사람의 증언이었다. 결과적으로 아침에 커피
믹스와 텀블러를 내 눈으로 지켜본 것과 다르지 않았
다. 나는 바보같이 귀중한 힌트 교환권 두 장을 허무
하게 써버린 셈이었다. 이걸로 알게 된 사실은 적어
도 내가 보편적인 사람 보는 눈을 가지고 있다는 것
뿐이었다.

　나는 이것이 제작진에 의해 만들어진 녹음본인지,
출연자의 동료들이 실제로 증언한 것인지 구별해내
려고 애썼다. 변조된 목소리 속에서 혹시나 마주쳤던
제작진들의 억양이 느껴지지는 않는지 수백 번을 돌
려서 들었지만 이것만으로 알아낼 순 없었다.

그리고 수요일, 나는 완전히 교착 상태에 빠졌다. 탕비실에 제작진이 마련해둔 소품들을 활용하는 쪽으로는 금세 아이디어가 고갈되었다. 물론 다른 출연자들도 마찬가지 상황인 것 같았다. 각자의 전문 분야를 제외하고 새로운 민폐 행동을 생각해내는 데는 다른 차원의 창의력이 필요했다.

결정적으로, 비슷하거나 같은 범주의 행동에는 또다시 힌트가 주어지지 않았다. 일례로 시험 삼아 혼잣말이 남겨둔 샌드위치 반쪽을 냉장고에서 꺼내 먹었지만, 첫날 내가 케이크를 훔쳐 먹은 행동과 겹치는 탓인지 힌트는 없었다. 커피믹스가 쿠크다스 부스러기를 질질 흘리는 모습을 보고서 싱크대 근처에 주스를 조금 흘려봤지만 더러운 것을 묻히는 행동도 그와 같은 범주로 묶여 있는 듯했다.

그러나 다행히도 어제의 적은 오늘의 아군이라더니, 이 시기에 영감을 준 건 직장 동료 A 씨였다. 나는 A 씨를 떠올리며 점심때 일부러 소스가 가득한 즉석 마파두부덮밥의 뚜껑을 열고 전자레인지 내부가 여기저기 튄 소스로 지저분해질 때까지 데웠다. 하지만 이것도 더러운 것을 묻히는 행동으로 묶였는지 힌트가 제공되지 않았는데, 대신 배달시킨 청국장을 데우고 냄새가 진동하도록 전자레인지 문을 꼭 닫아놨더니 힌트가 지급되었다.

나중에 방송을 보게 될 A 씨도 이 상황에 대해 뭔가 느끼는 바가 있을 거라고 생각하자 여기 들어온 이래로 가장 유쾌한 기분이 되었다. 그날 점심 나는 뜨끈뜨끈한 청국장에 공깃밥을 두 그릇이나 해치웠다. 이번에는 성급하게 힌트를 열람하지 않고, 조금 더 상황을 지켜보다가 신중하게 이 소중한 힌트 교환권 한 장을 누구에게 쓸지 결정하기로 마음먹었다.

오후에는 누군가 탕비실에서 몹쓸 짓을 시도했는지 황급히 방송으로 제작진의 긴급 공지가 전해지기도 했다.

[특정한 개인이나 불특정 다수를 향한
욕설 및 폭력적 행동은 엄격히 금지됩니다.]

누군가는 냉장고 문을 열어두고 다녔고, 이에 질세라 누군가는 냉장고 전원을 뽑아버리기까지 했다. 나는 일과가 끝난 뒤 먹으려고 벼르고 있던 구구크러스터 아이스크림이 완전히 녹아내려 흰색과 캐러멜색이 뒤범벅된 물이 되어 있는 걸 보고 그들의 잔혹함에 치를 떨었다.

출연자들의 광기는 목요일 아침에 절정에 달했다. 커피믹스는 긴 머리를 풀어 헤치고 싱크대에서 머리를 감는 기염을 토했다. 그녀의 머리카락 뭉치가 수챗구멍을 막자, 혼잣말이 기겁하며 어디서 구해 왔는지 모를 청소 솔을 들고 길길이 날뛰었다.

"하느님, 제게 맞서 싸울 용기를 주세요……."

그는 두 눈을 질끈 감고 머리카락을 건져 올리며 중얼거렸다.

케이크는 내가 차를 마시려고 팔팔 끓여놓은 물을 잽싸게 빼앗아 몽땅 자기 컵라면에 부어버렸다.

"미안해요. 아무래도 제가 꼴등인 것 같아서요."

눈치를 보아하니 텀블러가 옆에서 부추긴 것 같았다. 그는 케이크에게 친절하게 나무젓가락을 뜯어주며 앙증맞게 주먹을 쥐고 입 모양으로 '파이팅' 하며 속삭였다.

두 사람은 모든 힌트를 공유하고 있는 걸까? 아니면 꼴등이라고 우는소리를 하는 케이크에게 텀블러가 속고 있는 걸까? 어느 쪽이든 텀블러의 현재 상태로 보아, 그는 케이크에게만 비판적 사고를 할 수 없는 병에 걸리기라도 한 것처럼 그녀가 하는 말을 곧이곧대로 믿기로 작정한 것 같았다.

각자의 방법대로 게임을 진행하는 동안 커피믹스가 실수로 크게 트림을 했고, 생리 현상에 대해서도 가차 없이 힌트가 제공될지 알 수 없는 상황에서, 그에 깊은 영감이라도 받은 듯이 텀블러가 방귀라도 뀌어야 하나 심각하게 고민하며 단전에 힘을 주려는 표정을 본 순간 나는 서둘러 그를 막아섰다.

"트림이나 방귀나 더럽고 예의 없는 생리 현상이라는 건 똑같으니까 어차피 인정되지 않을 거예요."

가까스로 정신을 차린 텀블러는 나에게 진심으로 고마워했다.

우리는 한 치도 방심할 수 없는 상황에서 뒤처지지 않기 위해 탕비실 주변에 조금이라도 붙어 있으려고 했다. 방 안으로 들어간다는 것은 상황이 어떻게 되든 상관없다는 뜻이었다. 급기야 그날 늦은 점심을 탕비실 바로 앞 복도에서 함께 먹기로 했다. 메뉴는 분식이었는데, 텀블러와 혼잣말은 이 한겨울에 냉면을, 커피믹스와 케이크, 그리고 나는 칼국수를 주문했다. 그리고 다 같이 먹을 야채비빔만두 큰 접시도 잊지 않았다.

대표로 전화 주문을 맡은 나는 단무지를 두 배로 추가하고, 면 요리는 면과 육수를 따로 달라고 요청했다. 배달 온 음식들을 보고 몇몇은 살짝 놀란 것 같았다.

"어떻게 내 취향을 이렇게 잘 알지?"

텀블러가 감탄했다.

우리는 탕비실 문 앞에 쪼그리고 앉아 음식 포장을 뜯기 시작했다. 케이크는 포장을 뜯다 말고 누군가와 눈을 마주치고 싶다는 듯이 눈알을 데굴데굴 굴렸다. 나는 그냥 기분 탓이라고 생각하고 싶었다.

"얼음 님은 사람 관찰하는 걸 좋아하죠?"

케이크가 말했다.

"여간 좋아하는 게 아닐 거야."

케이크는 내가 포장을 뜯느라 뭐라 대답하기도 전에 자기 그릇을 가져가면서 말했다. 그녀는 그렇게 말하면서도 계속 능글맞게 웃는 얼굴로 다른 사람들을 살폈는데, 그런 행동이 모두가 자기 얘기에 동조해주지 않으면 못 견디 하던 어느 밉살맞은 동급생을 떠올리게 했다.

텀블러와 혼잣말은 한겨울에 먹는 냉면이 제맛이라는 데 서로 동의하고 처음으로 정서적 유대를 형성한 것 같았다. 그러나 혼잣말이 냉면을 가위로 야무지게 자른 뒤에, 텀블러가 가위를 넘겨받으려고 내민 손을 전혀 알아차리지 못한 채 탕비실로 뛰어 들어가

주방 가위를 깨끗하게 설거지하고는 탈탈 털어 건조대에 올려놓기까지 하자, 텀블러의 표정이 싸늘해졌다. 텀블러는 다시 주방 가위를 가지러 가는 대신 누런 앞니가 다 보이도록 입을 양옆으로 크게 벌리고 질긴 면을 힘겹게 끊어 먹었다.

커피믹스는 다 같이 먹으려고 시킨 비빔만두 포장을 뜯더니, 케이크가 야채와 비빔장을 버무리는 사이에 만두피처럼 납작하게 생긴 만두를 네 개나 자기 그릇에 덜어두었다. 그러고는 만두에 야채를 싸 먹을 때마다 쟁여놓은 만두가 줄지 않도록 하나씩 더 덜어 왔다. 그 모습이 마치 몇 년이고 식량난을 겪은 야생 다람쥐가 필사적으로 도토리를 저장하는 모습처럼 애처로워 보였다.

식사를 마친 뒤, 각자 개인실로 돌아가고 우연히 케이크와 단둘이 탕비실에 있게 되었다. 그녀와 둘이서만 있는 시간이 조금 불편했다. 나는 그녀가 자연스럽게 먼저 나가기를 기대하면서 세월아 네월아 드립커피를 내리기 시작했다. 복도에서 탕비실로 넘어온 배달 음식 냄새가 진한 커피 향이 묻은 증기에 뒤덮여 조금씩 사라지고 있었다. 백차와 국화차 유리병을 들고 고민하던 케이크는 돌연 찬장에서 커피 잔을 꺼내더니 내게 쏙 내밀었다.

"저도 커피 나눠주세요. 괜찮죠?"

나는 그녀가 고작 스무 방울 정도밖에 모이지 않은 커피의 어느 부분을 나눠달라고 하는 것인지 의아했다. 그렇지 않아도 드립커피를 내리는 데 남은 제한 시간을 다 써버릴까봐 조금 후회하고 있었는데 그녀의 커피까지 내리는 건 무리였다.

"아…… 죄송하지만 따로 드시는 게 어떨지……."

내가 난처해하며 말했다.

"되게 재밌다. 되게 재밌어요, 얼음 님."

그녀가 입을 가리고 웃었다. 입을 가리자 눈썹이 더욱 돋보였는데, 눈썹은 전혀 웃는 모양이 아니어서 도깨비 탈이라도 쓴 것 같은 얼굴이었다. 나는 케이크가 하는 말의 의도를 잘 알 수가 없었다.

"뭐가 재밌나요?"

"별 뜻 없어요. 그냥 재밌잖아요. 전부 다요."

나는 그 상황을 그녀가 텀블러와의 유대 비슷한 걸 나하고도 맺고 싶어하는 거라고 해석했다. 다만 그녀가 사람과 친해지는 데 서투른 거라고 생각했다.

"혹시 힌트 교환하실래요?"

"아뇨."

케이크가 딱 잘라 거절했다.

나는 방으로 돌아와 청국장을 데워서 겨우 얻었던 힌트 교환권을 케이크에게 사용했다. 힌트 상자를 열어보니, 이번에는 투명한 OPP 비닐봉지에 포장된 평범한 곰보빵이었다. 역시나 케이크의 얼굴이 전면에 인쇄되어 있었다. '*방부제를 사용하지 않아 유통기한이 짧습니다*'라는 문구의 일부를 벗겨내자 힌트가 드러났다.

습관적 거짓에 관계의 유통기한이 짧습니다.

그리고 QR코드로 연결된 오디오 파일을 재생하자, 매우 차분한 목소리로 누군가 증언을 하고 있었다. 자세한 일례는 나오지 않았지만 익명의 증인은 이렇게 말했다.

"그녀는 의중을 알 수 없는 이야기를 많이 합니다. '굳이 왜 이런 말을 하지?'라는 생각이 자주 들었어요. 제가 보기엔 자기가 화제의 중심이 아닌 상황을 못 견디는 것 같더라고요. 가끔은 '이런 거짓말은 왜 하는 거야?' 싶을 때도 있었고요."

증인의 말이 뇌리에 박혔다. 나는 술래 용의선상에서 케이크를 80퍼센트 정도 지웠다.

7

그리고 같은 날인 목요일 오후 5시, 나는 탕비실을 다시 찾았다. 혼잣말이 싱크대 청소를 하고 있었다. 그는 아까 다 같이 분식을 배달시켜 먹었을 때 나온 플라스틱 그릇의 물기를 제거해서 차곡차곡 쌓고 있었다. 나는 말없이 그를 도와 그릇의 물기를 털었다.

"그건 다 한 건데."

혼잣말이 말했다. 나는 머쓱해져서 뒤로 물러나면서 화제를 바꿨다.

"힌트는 꽤 얻었어요?"

"있잖아요. 냉장고 손잡이를 잡았을 때 끈적하면

기분이 안 좋지 않아요? 다들 냉장고 손잡이는 잘 안 닦아요."

그는 나와 얘기하면서 냉장고를 더 많이 쳐다봤다.

"그러고 보니 우린 탕비실에서 마주친 적이 별로 없네요. 잘돼가요?"

나는 포기하지 않고 꿋꿋하게 이야기를 이어나가려고 했다.

"나는 정답을 정했어요."

혼잣말이 자신감 있게 말했다.

나는 그가 내 말에 알맞게 호응하지 않는데도 불구하고, 묘하게 편안한 분위기를 자아내는 것이 신기하게 느껴졌다. 행주를 쥔 손은 혼잣말이 말하는 동안에도 멈출 줄 몰랐다.

각진 곳까지 꼼꼼하게 닦아내는 그의 손끝이 무척 야무지다고 생각하는 순간, 커피믹스가 탕비실로 들어왔다. 그녀는 슬쩍 눈짓으로 아는 체를 하고는 커피믹스 다섯 봉지를 한꺼번에 움켜쥐고 그 끝자락들을 솜씨 좋게 가위로 단번에 뎅강 잘라내더니 대형 종이컵에 가루를 쏟아붓고 정수기에서 따뜻한 물을 받아 밥숟가락을 현란하게 돌리며 빠르게 저었다.

그리고 슬쩍 봐도 아직 커피 알갱이가 둥둥 떠 있는 덜 저은 커피를 벌컥벌컥 들이켜고는, 커피가 살짝 남은 종이컵을 그대로 구겨서 쓰레기통에 버렸다. 쓰레기통 입구는 종이컵에서 흘러나온 달짝지근한 커피 잔여물로 엉망이 되었지만, 그녀는 본 척도 하지 않고 냉장고 문을 열어 간식거리가 없나 살피기 시작했다.

"찐득찐득. 그냥 두면 온통 찐득해질 텐데…… 냉장고 손잡이까지……."

혼잣말이 혼잣말하면서 쓰레기통에 묻은 커피를 힘주어 닦았다. 그는 커피믹스가 만졌던 냉장고 손잡이까지 박박 닦고 나서야 새 행주가 필요하다는 둥 중얼거리면서 탕비실 밖으로 나갔다.

"누가 시킨 것도 아닌데 생색은."

커피믹스가 혼잣말이 나가자마자 투덜거렸다. 그녀는 냉장고에서 아까 먹다 남긴 야채비빔만두를 꺼

내 접시에 덜어 먹기 위해 주방 집게를 쓰고 나서, 혼
잣말이 깨끗하게 헹궈놓은 플라스틱 그릇들 위에 아
슬아슬하게 툭 걸쳐두었다. 집게에서 떨어진 새빨간
비빔소스가 바닥으로 한 방울씩 똑똑 떨어지고 있었
다. 그리고 위태롭게 걸쳐져 있던 집게가 요란한 소
리를 내면서 바닥에 떨어져 나뒹구는 순간, 나는 전
자레인지 앞에 서 있는 그녀를 등지고 탕비실을 나오
면서 전등 스위치를 탁 꺼버리고 말았다.

"뭐예요? 사람 있는데."

커피믹스가 쏘아붙였다.

"아, 미안해요. 방에서 나갈 때마다 불 끄는 게 습
관이라."

나는 천연덕스럽게 불을 다시 켜주고 만족스럽게
내 방으로 돌아왔다. 불이 다시 켜질 때 커피믹스의
황당해하는 표정을 0.5초 정도 본 것 외에도, 뜻밖의
기쁨이 방에서 기다리고 있었다. 힌트가 하나 도착해
있었던 것이다. 나는 이 상황이 의아했다. 그리고 곧
깨달았다. 사람이 아직 있는데 불을 꺼버리는 것도

힌트를 얻기에 손색없는 행동이라는 것을.

　나는 10분 정도 고민하다가 이번에는 혼잣말을 골랐다. 잠시 후 힌트 상자를 통해 아이들이 가지고 놀 법한 미니 포클레인 장난감이 도착했다. 장난감 밑바닥에서 주의 사항과 QR코드를 발견할 수 있었다.

　　　　부주의한 사용은 고장의 원인이 됩니다.

　이번에도 오디오 파일을 듣기 전에 주의 사항의 필름막부터 벗겨내자 문구가 살짝 바뀌었다.

　　　　부주의한 언행은 싸움의 원인이 됩니다.

　내가 문구를 보고 가장 먼저 든 생각은, 이것이 커피믹스에 관한 설명이래도 전혀 위화감 없이 받아들였을 거라는 것이었다. 오디오 파일에는 그의 혼잣말로 인해서 자주 기분이 상했다는 어떤 이의 증언이

담겨 있었다. 이번 증인은 말이 많았다.

"그 사람이 조금 특이하다는 건 누구나 알고 있어요. 그리고 행동에 특별히 악의가 없다는 것도요. 그저 혼자서 해야 할 일에 집중하고 다른 사람과 소통하는 데는 조금 서툰 거라고 이해해줬죠. 그런 사람은 어디에나 있잖아요? 그래서 더 여러 번 참았어요. 그런데 그거 아세요? 그런 사람이야말로 나만 나쁜 사람을 만들면서 서서히 서서히 내 신경을 곤두세워요. 이건 겪어보지 않으면 몰라요……."

나는 씻지도 않고 침대에 쓰러지듯 털썩 누웠다. 이 힌트들이 정말로 한 사람만을 정확히 가리키는 말이라고 누가 확신할 수 있을까? 그러나 이미 답은 정해져 있을 것이고, 나는 최대한 표면적으로 사람을 보려고 노력해야 한다……. 그래도 되는 걸까? 그리고 혼잣말은 이대로 괜찮은 걸까? 나는 그가 첫날 기회를 줬을 때 자진 하차하지 않고 남은 이유와, 그가 이 게임에서 과연 무엇을 얻어 갈 수 있을지를 생각하다가 그가 진심으로 걱정되기 시작했다.

　그리고 불시에 스피커를 통해 흘러나온 방송을 들은 것은, 마침 혼잣말에 대해 생각하면서 나도 모르게 눈이 스르륵 감기려고 할 때쯤이었다.

[목요일 과정이 끝났습니다.

현재 가장 많은 힌트를 얻은 참가자는 '혼잣말' 님입니다.]

　나는 방송을 듣고 침대에서 벌떡 일어났다.

8

방송을 듣고 놀라서 깬 후로는 잠이 쉽사리 다시 오지 않았다. 나는 좁은 방 안을 하릴없이 맴돌면서 생각에 잠겼다.

지금까지 출연자들을 지켜본 바로는 유감스럽게도 모두들 여기 있을 자격이 충분해 보였다. 누가 이렇게나 완벽하게 비호감을 연기하고 있는 걸까? 그리고 혼잣말은 어떻게 가장 많은 힌트를 얻은 걸까? 나는 그가 이 게임에 진지하게 임하지 않고 있다고 생각했었다. 그러나 실상은 그게 아니었다. 탕비실에서 마주쳤을 때마다 혼잣말은 간단한 볼일만 보고 금

방 나갔다. 그도 역시 다른 사람들처럼 탕비실에 우연히 혼자 남았을 때 신속하게 작전을 개시하고 누군가 들어오면 후다닥 나가버린 걸까?

첫날부터 상당한 시간을 복도에서 사람들을 관찰하며 보낸 나로서는 납득하기 힘든 가설이었다. 나는 그가 허둥내는 모습을 본 적도, 수상한 행동을 한 흔적을 발견한 적도 없다. 하지만 그게 아니라 애초에 사람들과 전혀 마주치지 않을 만한 여유로운 시간대에 다녀갔다면?

나는 게임 규칙을 다시 보았다. 어디에도 업무 시간 내에만 탕비실에 가야 한다는 이야기는 없었다. 그저 '원하는 때'에 갈 수 있다고만 적혀 있을 뿐이었다. 왜 지금까지 업무 시간 내에 가야 한다고 지레짐작했던 걸까? 알고 보니 너무 눈에 잘 띄는 허점이다. 나는 다른 사람들도 이 점을 간파하고 있을지, 만약 그렇다면 언제부터 알고 있었는지 궁금해졌다.

내 계산이 맞는다면 오늘 내 몫의 탕비실 체류 시간 100분 중 아직 12분이 남았을 것이다. 커피믹스를 두고 불을 끄고 나온 이후에 어딘지 껄끄러워져 다시 돌아가지 않은 탓이었다. 어쩌면 늦은 밤이나 동트기 전 새벽에만 알아낼 수 있는 뭔가가 있을지도 모른다고 생각하자 첫 힌트를 얻었을 때처럼 마음이 들뜨기 시작했다.

나는 최대한 덜 부스럭거리는 옷으로 갈아입고서 문에 귀를 대고 복도에 인기척이 있나 살폈다. 그리고 문을 빼꼼히 열고 복도를 둘러보았다. 복도는 무척 어두웠다. 출연자들은 모두 안쪽 방에 들어가 있는지 복도로 연결된 문으로는 불빛이 거의 새어 나오지 않았다.

오른쪽 발끝부터 밖으로 쑥 내밀고 상체를 낮춘 채 살금살금 걸어서 탕비실 쪽으로 천천히 걸음을 옮기는데, 별안간 어릴 때 했던 공포 게임이 떠올랐다. 화이트데이 전날 밤 학교를 찾아간 주인공이 경비원을 피해 사탕을 두고 온다는 설정의 무서운 게임이 떠오른 건 정말이지 낭패였다. 나는 게임 속 경비원의 환영을 뒤통수로 느끼면서 두방망이질 치는 가슴으로 복도를 뛰듯이 걸어 탕비실에 도착했다. 탕비실은 불이 꺼져 있었고, 나는 복도에 빛이 전해질까 구태여 전등불을 밝히지 않았다. 심장이 엇박으로 뛰는 것 같았다. 낮의 공용 공간에 한밤중에 혼자 있는 건 유쾌하지 않은 일이었다.

냉장고가 윙윙 돌아가는 소리가 터무니없이 크게 들렸다. 밤이 낮 동안의 빛은 물론이고 세상의 다른 소리마저 앗아간 것 같았다. 나는 눈이 어둠에 적응하기를 기다리면서 싱크대 상판을 더듬으며 걸음을 안쪽으로 옮겼다. 손가락에 걸린 하부 장 문짝이 살짝 열리면서, 어둠보다 더 짙은 어둠으로 채워진 하부 장의 텅 빈 공간이 어렴풋이 틈새로 보였다. 나는 갑자기 무서워져서 문짝을 냉큼 닫고, 냉장고 빛이라도 살짝 새어 나오게 할 요량으로 냉장고 손잡이를 더듬었다.

바로 그때, 나는 복도 쪽에서 두 개의 문이 거의 동시에 끼익 열리는 작은 소리를 놓치지 않았다. 두 개의 서로 다른 발걸음 소리가 탕비실 쪽으로 다가오고 있었다.

나는 황급히 가장 큰 하부 장 문을 양쪽으로 열어 젖히고 그 안으로 몸을 숙여 들어갔다. 발끝에 채는 잡동사니들을 아무렇게나 발로 밀어 구석으로 몰아넣고 다리를 잔뜩 굽히자, 아슬아슬하게 앉아 있을 만한 공간이 나왔다. 나는 바닥이 내려앉을까봐 노심초사하며, 부디 이 방송용 세트를 지을 때 이런 상황까지 고려해서 튼튼하게 지었기를 간절히 바랐다.

하부 장 문을 안으로 잡아당겨 겨우 닫자마자, 누군가 들어오는 소리와 낮게 두런대는 목소리가 함께 들려왔다.

"아까 하던 얘기를 더 물어보고 싶어서 얼마나 애가 탔는지 알아?"

"어머, 정말 별일 아니에요. 뭐가 그렇게 궁금한 거죠?"

"그러니까 난, 나 말고 누가 당신에게……. 당신은 내 말이 무슨 뜻인지 알고 있잖아. 왜 항상 그렇게 시침을 뚝 떼는 거야?"

목소리의 주인공은 텀블러와 케이크였다. 케이크를 채근하는 텀블러의 목소리는 나긋했지만 살짝 화가 난 것도 같았다.

"그저 그가 저에게 접근해서 힌트를 알려주려고 하기에 거절했을 뿐이에요. 알잖아요. 남자들이 환심을 사는 방법이야 뻔하죠. 물론 그게 저한테 통했다는 건 아니에요."

케이크가 새침하게 말했다. 그녀의 말은 명백히 다른 남자도 자신을 마음에 두고 있다는 투로 들렸다. 잠깐, 다른 남자라면 혼잣말과 나밖에 없었다. 내 생각에 혼잣말은 케이크에게 그럴 것 같지 않았다.

"내 이럴 줄 알았지! 얼음이 당신 쳐다보는 눈초리가 음흉하다는 걸 내가 몇 번이나 알아챘다니까."

불행하게도 텀블러도 똑같이 생각한 모양이었다.

"그래서, 왜 거절한 거야?"

"그야 세상에 대가 없는 호의는 없다고 생각하니까요."

"그럼 당연하지."

텀블러가 만족스러워했다.

"물론 내 경우엔 아니지만 말이야."

싱크대를 등지고 서 있는 텀블러의 신난 엉덩이가 하부 장 문짝을 자꾸만 툭툭 건드렸다. 나는 더욱더 숨을 죽였다. 잔뜩 쭈그린 다리가 가슴에 닿아 쿵쾅거리는 심장이 무르팍에 느껴질 지경이었다. 왜 저들이 늦은 밤 밀회를 즐기고 있다는 걸 눈치채지 못했을까? 생각해보면 겨우 이틀째 되는 날부터 둘만의 시간을 충분히 가진 것처럼 친밀하게 굴지 않았던가? 그건 그렇고 그들은 얼마나 오래 여기 머무를까? 내게 오늘 남겨진 체류 시간은 이제 10분 정도가 고작일 것이다.

하부 장 문틈 사이로 그들의 다리가 보였다. 둘은 다리가 네 개 달린 생명체처럼 찰싹 달라붙어 있었다. 상체가 어떤 애정 행각을 하고 있는지는 굳이 상상하고 싶지 않았던 찰나, 텀블러가 잔뜩 무게 잡는 목소리로 말했다.

"그래서…… 누굴 찍을 거지?"

나는 뜻밖의 중요한 대화에 귀를 쫑긋 세웠다.

"전에 얘기하던 그 사람인가?"

"그 남자는 술래가 아니에요. 정말로 꺼림칙하잖아요."

"그건 그래. 그건 연기로 할 만한 게 아니지. 아마도 자기가 이상하다는 걸 평생 모를 거야."

나는 혼잣말에 대해 그들이 하는 대화가 도를 지나친다고 생각했다.

"맞아요. 얼음은 그럴 거예요."

케이크의 대답에 내 모든 사고 회로가 정지하는 것 같았다. 나는 딱딱하게 굳은 채 문틈 사이로 텀블러의 다리가 움직이는 걸 보았다. 그는 전기 포트 쪽으로 움직이다가 멈춰 서서 돌아보는 것 같았다.

"그럼 얼음이 아니라면 우리의 정답은 정해졌군. 당신 결정이 확고하다면 난 이견 없어. 자, 이제 다른 사람 얘기는 그만하지. 잠들기 전에 차 한잔 어때?"

"좋죠. 고마워요."

케이크가 간드러지는 목소리로 대답했다.

대충 짐작했을 때 이제 내게 남은 체류 시간은 3분 정도밖에 없을 텐데, 제작진이 날 끌어내리려고 들이닥친다면 우스운 꼴이 벌어질지 모른다는 생각에 정신이 번쩍 들었다. 잔뜩 구겨진 채로 하부 장에서 질질 끌려 나오면서 내 험담을 한 그들에게 심각하고 언짢은 표정을 보여주어야 할지, 아니면 민망하니까 뒤통수라도 긁으면서 웃어야 할지 심각하게 고민되기 시작했다. 게다가 불편하게 접은 다리가 발끝부터 저려오고 있었다. 나는 코에 침을 바르면서 간절히 기도했다. 제발 저 인간들이 그만 꽁냥대고 방으로 돌아가게 해주세요…….

"이렇게 새벽에 만나는 것도 오늘이 마지막이네요."

"곧 여기서 못다 한 얘기를 밖에서 나누겠군. 이런, 이제 나가봐야겠어. 난 시간을 거의 다 썼어. 그럼 우린 같은 답으로 가는 거지?"

"그래요. 우리 둘 말고는 상금을 나눠 가질 방해꾼이 없으면 좋겠네요."

컵을 싱크대 위에 내려놓는 둔탁한 소리가 들리고, 연이어 미닫이문이 열렸다가 스르륵 닫히는 소리가 났다. 나는 인기척이 완전히 사라진 걸 확신하고 나서야 저린 발을 필사적으로 주무르면서 기어 나왔다. 발을 내디뎠을 때 순간적으로 균형이 무너지면서 문짝을 체중으로 짓누르는 바람에 경첩이 뚝 떨어지는 소리가 났다. 나는 비스듬하게 처진 오른쪽 문짝을 대충 티 안 나게 제자리에 걸쳐놓은 뒤, 살금살금 방으로 돌아왔다.

나는 방으로 돌아오자마자 책상 위에 새로 도착한 힌트 교환권 두 장과 맞닥뜨렸다. 머릿속이 너무나 혼란스러웠다. 방금 들었던 나에 대한 대화와 갑자기 획득한 이 힌트들의 정체에 관해 생각을 정리해야만 했다.

아무래도 하부 장에 숨어서 다른 사람의 이야기를 엿들은 건 내가 처음인 것 같았다. 그리고 수납장 문짝을 부순 것도. 기물 파손 자체가 문제인지, 부숴놓고 다른 사람이 알아채지 못하게 제자리에 대충 얹어 놓고 온 무책임함이 문제인 건지는 모르겠지만 이 교환권 두 장이 내게 의미하는 바는 컸다. 나는 그들의 대화를 똑똑히 기억했다. 그들은 나를 꺼림칙하다고 했다. 그리고 평생 스스로 이상한지도 모를 거라고. 나는 교환권 봉투 두 개 모두를 뜯어 얼음 그림에 동그라미를 친 뒤 문밖의 나무 상자에 넣어버렸다.

잠시 후, 나무 상자에서 꺼낸 물건은 지금까지 힌트로 제공되었던 것들보다 훨씬 묵직하고 컸다. 뒤가 둥글게 처리된 거울이었는데, 나는 방에 들어와서야 그게 무엇인지 제대로 확인할 수 있었다. 그건 자동차 사이드미러 한쪽을 떼어낸 것이었다. 거울에 비친 내 얼굴 아래로 익숙한 문구가 보였다.

사물이 거울에 보이는 것보다 가까이 있음..

붙은 필름을 간신히 떼어내자 문구는 이렇게 바뀌었다.

상대가 보이는 것보다 가까이에서 당신을 관찰하고 있음.

사이드미러에 비친 내 얼굴이 초조해 보였다. 게다가 밖은 너무나 조용하고 거울에 금방이라도 다른 사람이 비쳐 보일 것처럼 으스스한 기분이 들어 팔뚝에 닭살이 돋을 지경이었다. QR코드를 인식하기 위해 핸드폰을 쥔 손이 조금 떨리기까지 했다.

나는 크게 심호흡을 한 뒤 오디오 파일의 재생 버튼을 눌렀다. 그리고 변조된 목소리의 주인이 처음 말문을 떼자마자 소스라치게 놀라고 말았다. 지금까지 모든 힌트의 목소리가 완벽하게 변조되었다고 생각했는데 실제로 아는 사람의 성문(聲紋)이란 정말로 고유한 정보여서, 변조된 억양이라고 해도 누가 말하고 있는지 확실하게 그려졌던 것이다.

"여기선 얼음 님이라고 부를게요. 얼음 님과의 약간 소름 끼치는 일화가 있다고 하셨는데요. 그 일에 대해서 자세하게 말씀해주시겠어요?"

제작진이 먼저 질문했다.

"제가 콜라를 좋아하거든요. 회사에서도 콜라만 마셔요. 탕비실에서 콜라에 커다란 얼음을 가득 넣어서 일하는 자리에 갖다 놓고 마시면서 하루를 시작해요. 근데 왜, 마시다 보면 얼음이 녹잖아요. 싱거워져서 참 싫더라고요. 제가 그 얘길 딱 한 번 자리에서 혼잣말처럼 했었어요. 아니 그런데 그 사람이, 그러니까 얼음 님이 이튿날부터 탕비실 냉장고에 콜라 얼음을 얼려놓고 아침마다 저한테 주는 거예요. 그거 넣어서 먹으면 덜 싱거워진다고요. 별 사이도 아닌데 괜히 사람들이 오해할 것 같고 싫더라고요. 그래도 감사하다고는 했죠. 그런데 있잖아요. 그게 매일 반복됐어요. 제가 평소보다 늦게 퇴근하는 날, 탕비실에서 얼음 님이 혼자 뭔가를 하고 있길래 슬쩍 봤는데 콜라를 얼음 틀에 붓고 있었어요. 저는 조금 특이한 브랜드의 콜라만 마시거든요. 그런데 그 브랜드 콜라를 직접 사 와서 붓고 있었어요. 저는 늘 콜라 캔은 컵에 콜라를 따르자

113

마자 쓰레기통에 버렸고, 냉장고에 남는 걸 넣어두지도 않았는데요. 그때부터 좀 소름 끼쳤죠. 쓰레기통을 뒤지는 건가 했다니까요. 그리고 자기 돈까지 들여서 매일매일 제가 마실 거리에 넣을 얼음을 만드는 게, 그게 참 요즘 같은 세상에 기분 좋은 일은 아니더라고요."

증인이 한숨을 몰아쉬었다.

"그리고 이게 끝이 아니에요. 다른 동료는 돌체라테라고, 그 연유 들어간 커피 있잖아요. 변비에 좋다고 사람들이 마시는 거요. 이젠 얼음 틀을 하나 더 사서 커피 얼음도 얼리기 시작했어요. 그제야 다른 동료들도 제 말을 이해했죠. 진짜 꺼림칙한 사람이라고요."

나는 그들이 내가 베푼 친절을 이런 식으로 해석하는 것이 의아했다. 누구나 얼음 넣은 음료를 마시다가 맛이 싱거워지는 걸 싫어한다. 나는 어릴 때 형에게 배운 대로 음료 맛 얼음을 넣어 마시는 걸 좋아했고, 다른 사람들에게는 불운하게도 우리 형이 없었기 때문에 내가 대신 만들어서 알려줬을 뿐이다. 물론 쓰레기통을 조금 뒤지긴 했다. 직접 물어보는 방법도 있지만 말없이 은근히 배려해주는 게 더 멋진 거라고 생각했기 때문이다.

심지어 콜라 얼음을 얼리는 건 간단하지만, 돌체라테에 넣을 얼음을 만들 때는 얼음을 반쯤 얼리고 중간에 연유를 넣고 굳히면 더 맛이 좋기 때문에 수고를 아끼지 않았다. 손이 많이 가는 작업이다. 내 입장에선 대가를 바라지 않은 엄청난 호의라는 뜻이다.

내가 여기 와서 복도를 서성이며 다른 출연자들의 배달 음식 봉투를 매번 꼼꼼하게 살펴본 것도 같은 이유에서다. 각자의 배달 요청 사항을 잘 메모해두었다가 나중에 배려해주기 위해서! 실제로 함께 분식을 먹었을 때 다들 나의 완벽한 배달 요청 사항 덕분에 만족스러운 식사를 하지 않았던가? 지난 며칠간 사람들이 뭘 시켜 먹고 어떤 요청 사항을 남기고, 또 얼마나 남기는지 알아내기 위해 더러운 그릇들을 뒤

적거렸던 수고가 모두 물거품이 되는 기분이었다.

　나는 케이크가 방 앞에 내놓은 짜장면 그릇을 다 쓴 젓가락으로 뒤적거리면서 '완두콩을 싫어함'이라고 메모하는 도중에 방 밖으로 나온 그녀와 마주쳤던 때를 떠올렸다. 그녀도 "수고가 많으시네요"라며 내게 미소를 지었었다. (그러고 보니 그때도 눈썹은 웃고 있지 않았던 것 같기도 하다.)

　시계는 이제 완전히 자정을 넘어서고 있었다. 가로등도 모두 꺼진 바깥은 칠흑같이 어두웠다. 깜깜한 창문에 비친 내 얼굴에는 표정 변화가 전혀 없었다. 이 정도쯤이야 아무렇지도 않은 걸까? 아니면 탕비실에서 텀블러와 케이크가 하는 얘기를 듣고 미리 충격을 받은 덕분에 빠르게 평정심을 찾은 걸까? 이따금씩 "이상한 사람은 자기가 이상한 줄 모른대"라고 누군가 했던 얘기가 떠올랐지만, 머릿속에 있는 다른 생각을 박박 긁어모아 쓸데없는 생각을 억누르려고 노력했다.

그건 그렇고 케이크는 왜 방송을 보면 들통날 거짓말을 군이 하는 걸까? 딱 한 번, 힌트를 교환하겠냐고 물어본 것을 마치 그녀에게 반해서 일방적으로 힌트를 제공하겠다는 듯이 표현한 게 마음에 걸렸다. 그저 텀블러에게 질투를 유발할 생각으로 한 말이라면 그 대상이 꼭 여기 있는 출연자 중에 하나일 필요는 없었을 텐데. 무엇보다 이런 행동은 방송 후의 이미지나 게임의 결과에 아무런 도움이 되지 않을 것 같았다. 득도 없을 거짓말을 하는 사람, 정말로 꺼림칙한 사람이란 이런 유형이 아닐까? 내가 아니라.

9

나는 결국 제대로 잠들지 못하고 새벽 내내 깨어 있었다. 혼잣말과 이야기를 나누고 싶었다. 술래가 아니라 얄팍한 동질감이나 느낄 상대로 그를 점찍었다는 게 스스로도 우스웠지만 이 순간 그와의 대화가 너무나 절실했다. 나는 그동안 혼잣말을 거의 마주칠수 없었던 것이 업무 시간에만 탕비실을 드나들 수있는 게 아니라는 걸 그가 일찌감치 알았기 때문이라고 확신했다. 혼잣말이 아침 일찍 탕비실에 올 거라는 건 순전히 내 추측이었지만, 6시부터 탕비실에서 그를 기다려보기로 했다.

동트기 전 아무도 없는 탕비실은 평소 아침의 모습과는 사뭇 달랐다. 지난 며칠간 아침에 탕비실에 오면 쓰레기통이나 집기들이 깨끗하게 정리가 되어 있었는데, 아직 지난밤에 텀블러와 케이크가 두고 간 씻지 않은 컵들이 그대로 있었다. 축축한 루이보스 티백에서 흘러나온 잔여물로 싱크대 안쪽이 얼룩덜룩했다. 내가 숨어 있던 하부 장은 겉보기엔 멀쩡했지만 문짝을 건드리자 역시나 경첩이 떨어져 덜렁거렸다. 하부 장 안쪽에는 내 발에 차였던 여러 가지 청소 용품들이 그대로 나동그라져 있었다. 허리를 깊이 숙여 곰팡이 방지제와 락스 통을 세우고 있을 때, 등 뒤로 누군가 탕비실로 들어오는 인기척이 느껴졌다. 아침 6시 50분. 무척 상쾌한 얼굴의 혼잣말이었다.

"혼잣말 님. 그러니까, 저기……."

나는 무슨 말부터 해야 할지 몰랐다.

"얘기해보고 싶은 게 있어서 기다렸어요. 아침에 오면 볼 수 있을까 하고."

마음이 급해서 입이 열리기도 전에 말이 튀어나오

는 것 같았다. 나는 잠을 못 자서 뻐근한 눈꺼풀에 힘을 주고 최대한 별일 아닌 척하며 말했다.

"본인의 힌트를 열어봤어요?"

나는 혼잣말의 예상치 못한 질문에 놀라 그를 빤히 쳐다봤다.

"안됐지만 일단 지금은 할 일을 해야 해요."

그가 까치발을 들어 싱크대 상부 장 문짝에 달린 자물쇠를 열쇠로 달칵 열면서 말했다. 나는 상부 장에 작은 자물쇠가 달려 있다는 사실을 그때 처음으로 알았다. 자세히 보니 그건 힌트 상자를 잠그는 데 쓰는 자물쇠 세트였다.

"왜 그걸 여기다 쓰고 있어요?"

내가 자물쇠를 가리키면서 물었다.

"방에 있는 서랍으로는 부족해서요."

혼잣말이 상부 장에서 고무장갑과 청소 솔을 꺼내면서 말했다. 그는 하부 장에서 추가로 청소 용품을 더 꺼내더니 본격적으로 탕비실 청소를 하기 시작했다. 녹색 앞치마를 허리에 두르고 진분홍색 고무장갑을 낀 뒤 티백의 물기를 꼭 짜고 컵들을 설거지했다. 그리고 일사불란하게 쓰레기통을 비우고 분리수거한 재활용품들을 밖으로 내놓았다. 나는 매일 밤 제작진 측에서 해줬다고 생각한 모든 일들을 지금껏 혼잣말이 하고 있었다는 데 깜짝 놀랐다.

"저도 같이 할게요."

혼잣말은 대꾸 없이 고무장갑 여분이 있는 장소를 손가락으로 쓱 가리켰다.

"촬영 중에 그런 걸 알게 되다니, 참 못할 짓이에요. 하긴, 평소엔 다른 사람이 나에 대해서 하는 말 같은 건 좀처럼 들을 기회가 없죠."

그가 싱크대 상판을 닦다가 불쑥 말했다.

"전 정말 몰랐어요. 혹시 혼잣말 님은 여기 오기 전부터 알고 있었나요?"

나는 그의 기분을 상하게 하지 않으려고 어휘를 고르는 데 무진 애를 썼다.

"그러니까…… 다른 사람들이 생각하는 내 모습 말이에요."

"글쎄요. 어떤 사람들은 미움받을 행동, 그렇지 않을 행동을 자연스럽게 다 꿰고 있다는 걸 안 지가 얼마 안 됐죠."

혼잣말이 알쏭달쏭하게 대답했다.

그는 젖은 행주를 꼭 짜서 탈탈 털고 허리를 쭉 폈다. 그의 얼굴에 진심으로 느끼는 보람이 가득했다.

"혹시 이런 행동들이 혼잣말 님이 사람들과 잘 지내는 방법…… 그러니까 일종의 노력인가요?"

내가 용기 내서 물었다.

"겨우 이런 걸로요?"

그가 놀라워하며 반문했다.

"감점을 너무 크게 당하면 가산점은 있으나 마나 한 거예요."

나는 그 후에 그와 나눈 대화를 정확히 기억하지 못한다. 왜냐하면 그때부터 내 머릿속 사고 회로가 제멋대로 팽글팽글 돌아갔기 때문이다. 이야기를 나누면서 아주 강렬하게 '이 사람은 방송을 위해 만들어진 캐릭터다, 만들어진 캐릭터여야만 한다'고 뇌 속에 계속해서 명령어를 입력한 것만 어렴풋이 기억 난다. 나는 눈앞에 서 있는 혼잣말이 무슨 말이건 하게 내버려두고, 지극히 평범해서 오히려 조금 가식적 이기까지 한 방식으로 다른 사람들과 소통하는 그의 모습을 상상해 덧입히기 시작했다. 나는 끝내 그와의 대화를 머릿속에서 지워내고, 대신 그가 술래일 거라 는 결론을 내린 후에야 마음의 평화를 되찾았다.

혼잣말이 나보다 더 이상한 사람이길 바라던 마음 은 그 정도를 반 바퀴쯤 지나쳐 그가 완전히 멀쩡한 사람이길 바라는 마음으로 바뀌었다. 그래서 여기 있 는 모두는 보는 눈이 없고, 나를 이상한 사람 취급했 던 모두가 정말로 이상한 사람이어서 내가 정상이길 바랐다. 그날의 나는 주변의 색에 따라 이리저리 뒤 집히는 오셀로 게임의 흑백 말처럼 불안정하기 짝이 없었다.

어느새 청소를 마친 혼잣말은 냉장고와 벽 사이에

손을 넣어 뭔가를 끄집어내고 있었다. 그건 첫날 냉장고 문에 자석으로 붙어 있던 청소 체크 용지였다. 텀블러가 종이 속에 숨겨진 힌트가 없나 요리조리 살펴본 이후로는 본 적이 없었는데, 혼잣말이 냉장고 옆면에 옮겨서 붙여둔 모양이었다.

혼잣말은 앞지마 주머니에서 꺼낸 두꺼운 볼펜으로 청소 체크 용지에 연신 뭔가를 그리기 시작했다. 나는 옆에서 체크 용지를 힐끗 보자마자 싸늘한 위화감에 휩싸였다. 왜 X투성이지?

혼잣말은 자기를 제외한 모든 사람의 이름 옆에 가차 없이 X를 그리고, 자기 칸에만 커다란 동그라미를 그렸다. (다른 사람 칸에 X를 그릴 때 조금 더 볼펜 소리가 경쾌하게 들린 것은 내 기분 탓이라고 생각하고 싶다.) '보통은 다른 사람에게 청소를 같이 하자고 하거나, 자기 칸에만 동그라미를 치지 않나요?' 하는 말이 목구멍까지 차올랐으나 하등 쓸모없는 질문이라는 걸 나도 알고 있었다.

내가 무언가 하고 싶은 말이 있다는 걸 눈치챘는

지, 정신없이 체크하던 혼잣말이 멈칫했다.

"아, 실수할 뻔했다!"

그러고는 내 이름 옆에 있는 오늘 날짜의 몇 가지 청소 항목을 X에서 O로 바꿔주고 씩 웃어 보였다. 나는 그가 어떤 미묘한 상황들 속에서 사람들과 조금씩 멀어져왔는지 알 것 같았다. 그리고 직감했다. 이런 건 연기일 리가 없다고.

그러나 술래를 지목해야 하는 금요일 저녁이 왔을 때, 나는 장고 끝에 혼잣말을 정답으로 제출하고 말았다. 그리고 속으로는 적어도 한 명은 나를 술래로 지목해주길, 나를 이상한 사람이 아니라고 봐주길 간절히 바랐다.

10

허무한 결말을 말하자면, 술래는 케이크였다. 그리고 정답자는 두 명이었다. 텀블러, 그리고 또 한 명은 커피믹스. 왜 텀블러와 케이크가 같은 정답을 내지 않았는지 따위의 사소한 의문이 남았지만 촬영 직후의 나에게 그런 건 중요하지 않았다.

촬영이 끝나고 두 달 뒤, 매주 금요일 밤 10시에 리얼리티 쇼 〈탕비실〉이 방영되기 시작했다. 나는 방송을 통해 내 얼굴을 보는 게 어색하고 힘들었지만 그것만 제외하면 퍽 즐거웠다. 내가 모르는 사이에 벌어진 모든 일들을 관찰자 시점에서 다시 보는 것은 정말 이상한 경험이었다. 상황의 정중앙에 있는 사람일수록 전체를 가늠하기 힘들다더니, 이런 식으로 방송이 편집될 거라곤 꿈에도 생각하지 못했다.

특별히 흥미로웠던 포인트들이 있는데, 먼저 커피믹스의 부모님이 얼굴을 드러내고 등장해서 인터뷰를 했다. 그들은 딸이 자라는 동안 한 치의 모자람도 없이 물심양면으로 지원을 아끼지 않았으며, 그들의 표현을 빌리자면 '딸이 가진 가벼운 수집증 증세'는 초등학교 시절부터 발현되었는데 그 자신들이 기억하기로는 그와 관련한 어떠한 트라우마도 겪은 적이 없다는 것이다.

그리고 인터뷰 뒤에는 하루에 열 차례씩 거듭된 그녀의 가벼운 수집증 증거 영상과 주변인들이 추측하는 그녀의 수집증 증세에 대한 여러 가지 의견들이 교차로 화려하게 편집되어 흘러나왔다. 심각한 주변인들의 표정과 난무하는 전문 용어들 사이로 마냥 해맑게 커피를 타 먹거나 과자를 먹는 그녀의 얼굴이 편집되어 우스꽝스러운 분위기를 자아냈다.

한편 텀블러는 게임을 시작하자마자 케이크가 거짓말을 못하는 관상이 아니라, 순 거짓말쟁이 관상이라고 카메라에 대고 속닥거렸다. (이 장면은 프로그램 2화 예고편으로 쓰였다.) 자칭 환경 운동가라고 칭하는 사람들 중 환경 사업을 핑계로 투자를 요구하며 거짓말하는 사람들의 얼굴 특징을 술술 읊으며 케이크가 왜 술래일 수밖에 없는지 개인실의 카메라에 대고 열변을 토했는데, 그 특징들이 텀블러의 얼굴 특징이기도 하다는 것을 사진을 띄워 조목조목 짚어낸 제작진의 편집에 실소가 나왔다.

어쨌든 텀블러는 일찌감치 케이크를 정답으로 짚어두었지만, 케이크와 얘기할 때는 커피믹스를 술래로 지목하기로 계획하는 등 철저히 거짓으로 일관된 모습을 보여주었다. 그는 처음부터 케이크에게 일말의 사적인 관심도 없었으며, 불행인지 다행인지 그건 케이크도 마찬가지였다.

혼잣말은 탕비실의 공용 수납장을 청소 도구를 넣

어놓는 등의 개인 용도로 사용하고, 사람들이 나중에 먹으려고 남겨둔 음식을 청소하면서 내다 버리는(고의인지 실수인지는 알 수 없었다) 등의 행동으로 다수의 힌트를 얻었다는 걸 방송으로 확인할 수 있었다.

그의 청소 체크 용지는 인터넷상에서 갑론을박의 대상이 되었는데, 쟁점은 이랬다. 그가 체크 용지의 다른 사람 이름 옆에 청소를 하지 않았다고 X표시를 한 것에 대해 힌트 교환권이 한 장 주어졌는데, 이것이 과연 타당하냐는 것이었다.

'청소를 했으면 자기 이름 옆에나 O표시를 하면 충분하다. 그게 우리 사회에서 서로 얼굴을 붉히지 않도록 암묵적으로 합의된 방식이다'라는 의견이 있는 반면, '청소를 한 사람과 그렇지 않은 사람을 구분하는 표일 뿐이다. 대신 체크를 해준 것에 대해 트집을 잡을 이유가 없다. 내 이름 옆에 X표시가 있다고 해서, 청소 안 했다고 공공연하게 비난하는 거야 뭐야, 라고 생각하는 사람이야말로 이 프로그램의 다음 시즌에 나와야 할 인재다'라는 의견도 있었다.

이 외에도 각자 정답을 말하는 장면과 그간의 행동들이 그럴싸하고 교묘한 방식으로 교차 편집되거나 상황을 되짚어가는 식으로 편집되어 재미를 더했다.

촬영을 하면서 느꼈던 내 마음속 혼돈은 화면 어디에도 나타나지 않았다. 이따금씩 카메라 앵글에 아슬아슬하게 걸친 내 얼굴엔 순간순간 느꼈던 감정이 분명하게 서려 있었지만, 그건 편집자의 관심 밖에 있었고 결과적으로 시청자의 시선에서는 사소한 배경으로 뭉뚱그려질 뿐이었다.

나는 내 마음의 무게가 드러나지 않음에 감사하면서도, 그간 봐왔던 수많은 방송들 속에서 나는 과연보려고 마음먹은 것을 본 건지, 누군가 보여주려고 마음먹은 것을 덥석 건네받았을 뿐인지 생각해보지 않을 수 없었다.

개인적인 후일담을 하나 전하자면, 리얼리티 쇼 〈탕비실〉이 높은 시청률과 함께 화제를 모으자 회사 동료들이 방송 잘 봤다며 미안하다고 먼저 말을 건넸다. 요약하자면 나를 오해했던 것 같다는 얘기였다.

나는 그런 걸 오해라고 부르지는 않는다고 말하려다가 그만두었다. 다만 A 씨의 행동에 영감을 받아 힌트를 받을 수 있었다며 나름대로 회심의 농담을 던졌지만 그는 웃지 않았다. 나는 그때의 기분이 비참했는지, 아니면 방송 마지막 화에서 혼잣말이 정답지에 자신의 이름을 써 내면서 "이대로 괜찮아"라고 스스로 다독이는 장면을 봤을 때 더욱 비참했는지 판단할 수 없었다.

그리고 방송 이후 다시 몇 달의 시간이 흘렀다. 항간에는 제작진이 시즌 2의 참가자를 이미 모집했다는 소문이 돌았다. 그와 동시에 〈탕비실〉 콘텐츠가 모바일 게임 산업에까지 진출해서 출시를 앞두고 있었다. SNS에서는 게임 테스터를 모집하는 광고 게시글을 심심치 않게 발견할 수 있었다.

탕비실을 난장판으로 만들면서 술래를 잡고,
야간에만 열리는 숨겨진 미션을 완수하세요!

131

　내가 이 게시물을 봤을 때는 이미 댓글이 5천 개를 넘어서고 있었다. 저마다 댓글로 자신들이 탕비실에서 만난 싫은 사람들에 대해 얘기하느라 여념이 없었다. 냉동실에 맛집 도넛 얼려놓고 먹지도 않고 고문하는 사람, 상한 샐러드를 치우지 않는 사람, 개인 믹서기를 가져와서 아침마다 ABC주스를 만드는 사람(예전에는 거대한 착즙기를 들고 왔었는데 조금 타협했음), 제빙기에 얼음이 생기는 족족 다 털어 가는 사람 등등 댓글 행렬이 멈출 줄 몰랐다.

　댓글은 아래로 갈수록 묘하게 분위기가 바뀌어 '인류애가 사라진다' '요즘엔 정상인 사람이 없다'부터 시작해서 인간 혐오에 대한 장문의 고찰이 담긴 글까지 나타나고 있었다. 개중에는 핀트를 완전히 벗어난

과격한 댓글도 보였다. "다들 자기 행동은 한 번씩 돌아보고 댓글 쓰는 거지?"라는 댓글에 꽤 많은 추천이 눌렸지만, 늘어나는 댓글 속에 금세 파묻혀버렸다. 나는 최신순으로 정렬되어 있던 댓글을 추천순으로 다시 정렬했다. 그러자 추천 수가 2천이 넘는 긴 댓글 하나가 상단에 떴다.

이건 좀 다른 얘긴데,

시즌 1에 나온 케이크 기억함? 술래였던 사람.

그 사람 예전에 우리 회사다녔었는데

케이크를 냉장고에 놔두진 않았지만

회사에 자주 들고 오긴 했음.

그리고 매번 다른 사람이 사줬다고 은근히 자랑함.

근데 내가 회사랑 좀 떨어진 제과점에서

자기가 직접 케이크 사는 거 우연히 봤음.

그때부터 나는 거리를 뒀음.

그리고 얼마 뒤에 회사 옮겼다고 들었는데

거기서는 멀쩡한가 보네?

제작진이 어디까지 알고 섭외했는지 모르겠지만

난 그 사람이 술래로 나오길래 좀 소름 돋았음.

나는 촬영 이후로 한 번도 볼 수 없었던 이일권 PD의 얼굴을 떠올렸다. 그리고 이 불편한 감정과 그의 실루엣을 동일시하지 않으려고 잠깐 동안 괴로워했다. 그러나 꺼림칙한 것을 담아내는 것을 업으로 삼는 PD가 게시글 너머에서 촬영을 하고 있을 것만 같다는 생각을 지울 수 없었다. 그의 다큐멘터리는 아직 촬영 중인 것 같았다. 그의 데뷔작보다 훨씬 더 길고 너른 배경의, 그리고 한층 더 꺼림칙한.

싫은 사람의 수는 세상에 있는 사람의 수쯤 될 테니 그가 소재 고갈을 걱정할 일은 없을 것이다.

작가의 말

나는 이따금 그냥 좋다든가, 그냥 싫다고 말한다. 구태여 설명하기 귀찮게 느껴질 때보다는 좋고 싫음이 극명할 때 그렇다.

대상이 그냥 좋은 나는 스스로 사랑스럽다. 그러나 그냥 싫다고 말하는 나는 어딘가 소름 끼치는 구석이 있다. 감정이란 음식물을 소화하는 것과도 닮아 있다. 좋아하는 감정은 온몸에 차근차근 흡수되어 오래 머물기를 바라는 반면에 내 속을 버려가며 싫어하는 감정을 소화시켜내기는 쉽지 않은 일이다. 그래서 토하듯 분출해버리고 마는 건지도 모르겠다.

이 이야기는 '싫음'에 관한 내 나름의 분출이다. 탕비실은 일상적 휴식의 공간이지만 원하는 만큼 무한정 머물 수 있는 곳은 아니다. 내게 필요한 것이 구비되어 있지만 그것이 완전히 나의 소유는 아니다. 나에게 허락된 공간이지만 나에게만 허락되지는 않았다. 그래서 꼭 타인과 함께 살아가는 이 세상의 축소판 같다.

탕비실에서 겨우 인사 정도만 나누며 스쳐 가는 사람들을 '잘 안다'고 말하기는 어렵다. '안면이 있다'는 애매한 관계의 정의는 이런 데 쓰기 딱 좋을 것이다. 《탕비실》은 이런 애매한 관계 속에서조차 미운 털이 박혀버린 사람들의 이야기다. 등장하는 인물 중 그 누구도 타인에게 완전히 이해받은 적 없고, 타인을 이해하려고 애쓰지도 않는다. 우리가 그저 '안면이 있는' 사람에게 흔히 그러하듯이.

좋든 싫든 이유를 알면 좋으련만, 영문을 모른 채 싫은 사람으로 낙인찍힌 주인공은 줄곧 '내가 왜 싫은지'를 생각한다. 그만한 지옥이 없다. "넌 내가 왜 좋아?"를 물을 때 답변이 무엇이든 이미 들을 준비가 되어 있는, 실은 그 답을 이미 알고 있는 것 같기도 한 간질간질한 기분을 아는 사람이라면 정반대 경우의 참담함도 상상할 수 있을 것이다.

등장하는 인물들은 타인이 나를 싫어하는 것에 대해 각기 다채로운 면모를 보인다. 나는 그런 사람이라고 인정하기도 하고, 당최 영문을 모르거나 알아도 신경 쓰지 않는다. 또는 자신은 미움받고 싶지 않으면서 부단히도 싫은 상대를 만들어내기도 한다.

우리 모두는 이들을 조금씩 닮아 있다. 삶에서 내가 정할 수 있는 건 삶을 어떻게 대하느냐뿐이라고 했던가. 싫어하는 대상의 기분을 한 번쯤은 상상해보는 것. 나는 단지 그 정도로 싫음을 대하기로 했을 뿐이다. 그러고 나서 늘 토하듯 뿜어냈던 싫음의 감정이 얼굴은 찌푸려질지언정 조금은 소화가 되었다고, 단지 그 말을 전하고 싶었다.

탕비실

초판 1쇄 인쇄   2024년 6월 24일
초판 1쇄 발행   2024년 7월 10일

지은이   이미예

총괄   김명래
책임편집   긴명래
디자인   studio forb
책임마케팅   김서연, 김예진, 김소희, 김찬빈, 박상은,
            이서윤, 최혜연, 노진현, 최지현

마케팅   유인철
경영지원   백선희, 권영환, 이기경
제작   제이오
교정.교열   김정현

펴낸이   서현동
펴낸곳   ㈜오팬하우스
출판등록   2024년 5월 16일 제2024-000141호
주소   서울시 강남구 테헤란로 419, 11층 (삼성동, 강남파이낸스플라자)
이메일   info@ofh.co.kr

ⓒ 이미예 2024
ISBN 979-11-98809-94-0 (03810)

한끼는 ㈜오팬하우스의 출판브랜드입니다.